19

All about Love

19

All about Love

不真心告白

As You Wish

by Sophia

「我們，一起告白吧。」

「我不要。」

「嗯、我們一起往前跨一步吧。」

「妳沒聽見我說不要嗎？」

01

所謂的人啊，儘管體內湧生相當強烈的需要或者渴望，事實上也就只要那麼一點，那麼一點剛好就足夠，無論是些什麼，重要的是確實的觸摸到了意識最柔軟的部分。

她果然當作什麼都沒聽見。

隔著一段距離我看著唯臻捧著包裝精美並且打上無懈可擊的粉藍色蝴蝶結的巧克力，她的面前站著一個彷彿呼應包裝上彩帶而穿著淡藍色襯衫的男人，我聽不見兩個人的交談，也沒有設法聽清楚兩個人的對話，我之所以站在這裡是為了「見證」。

我的頭好痛。

一切彷彿極其自然的就演變至這個地步，然而仔細思索又有一種莫名其妙的心情，覺得事情根本不應該走到這個地步。咬著下唇我安靜的嘆了一口氣。

起初和唯臻並不是特別熱絡的關係，雖然在同一間辦公室但不是相同部門，偶爾在茶水間碰見會禮貌性的打聲招呼，就只是這種程度，應該也只會是這種程度。然而問題就出在某一天，大概是地球磁場發生問題的那一天，她突然約我吃午餐。

我去了。答應的理由只是因為找不到拒絕的理由。

接著一切就以磁場紊亂的瞬間作為起點，雖然不想承認但那時候的我居然因為菜單上有看起來很好吃的咖哩蛋包飯還稍微慶幸了自己答應她的邀約，她喝了一口沒有冰塊但非常冰涼的檸檬水，開始，說。

「我上次不小心聽見，妳和一個長頭髮的同事聊天，」她側過頭揚起甜美的微笑，我還在想是哪個長頭髮的同事，除了我之外我們部門的女同事都是長頭髮，「妳有喜歡的人對吧，而且對方還不知道。」

這女人就是為了探聽八卦特地約我吃午餐嗎？

「那只是……」

她根本沒有打算聽我的辯解，事實上她已經沉浸在她的小宇宙，我偏著頭有種背脊發涼的感覺，可能是店內的冷氣對著我吹的緣故，但注視著周圍佈滿少女漫畫般的玫瑰色的唯臻，我很乾脆的灌下一整杯冰到讓太陽穴抽痛的檸檬水。

「我也有一個喜歡的人，一進公司就特別在意他，不知不覺感情就超越了在意變成喜歡了。」

不、不要告訴我，我什麼都不想知道，尤其是錯綜複雜的辦公室戀情我更不想沾染，我只想當個獨善其身、完全不起眼的角色，最好是不起眼到主管考慮加薪對象時會忘了上次已經替我加過薪所以又幫我加了一次的程度。

然而正如地心引力一般，這世界上大多事物總會和期望相互拮抗。

「但是他一點也沒有察覺，有時候會因為這樣感到安心，但有時候又希望他能夠稍微意識到……」

「那個……」

「這就是所謂的暗戀吧。」

我完全不想和她討論暗戀的定義，我瞪著服務生都已經加收百分之十的服務費至少也隨便走過來晃一下，但是沒有，不僅餐還沒上，他們連靠近的跡象也沒有。

「餐上的有點慢呢，我去問、問……」

她突然以極度戲劇性的姿態轉過身面對我並且緊緊握住我的雙手，這擺明就是箝制，這女人看起來嬌弱力氣卻異常的大，我勉強的扯開嘴角，是那種強調「我很勉強」的微笑，但她一點也沒有動搖。

「我一直想要一個暗戀的同伴，我們一起加油吧。」

「什麼？」這根本是強迫推銷，不要，我不要，先不要說我雖然對那個人有好感但因為是同事所以絕對不可能，所謂「暗戀的同伴」這種東西本質上就存在著問題，「我沒有想……」

「我好高興，我一直想要這樣的能夠分享秘密和感情的好朋友，我是獨生女又沒有同年的親戚和鄰居，身邊的朋友大多都是男孩子，我也不知道為什麼努力想跟女同學交朋友但總是沒辦法……」她的手又加深了力道，「所以我真的好高興，真的。」

我好像知道為什麼那些女同學不太想跟妳當好朋友了。當然不能這樣說，但我正想糾正「我是她好朋友」這件事時，方才無論多麼期盼都不靠近的服務生忽然將餐送了過來，打斷了我解釋的最佳時點，並且讓扭曲的敘述成為現狀。

於是在我不知道的情況下我已經變成唯臻的「親密的好朋友」，並且踏入她玫瑰色的暗戀小宇宙裡。

「我不會問『妳的他』是誰，我也不會告訴妳『我的他』是誰，」唯臻用著非常浪漫，浪漫到有點接近恍神的表情說著，「我希望他能成為第一個接受到我感情的人。」

嘆為觀止。基本上我一開始是抱持著「來看看這個生物有多麼奇特吧」的心態，當然有一部分是因為根本找不到拒絕她的空隙，總之在我幾乎要被我表姊的肉食性理論洗腦之際，我的面前居然出現另一個極端的版本。

「隨便啦，反正我跟他不可能啦。」

我錯了，說出口的那一瞬間我就感覺到自己犯下了致命的錯誤，我應該以政客的誠懇表情堅定的對她說「我沒有喜歡的人」，所以當她再度激動的箝制著我，不、是熱切的握住我雙手的那一刻，我就知道自己註定無法逃離她的小宇宙了。

「怎麼可以這樣想呢？」唯臻瞪大她黑亮的雙眼，「無論結果如何，在我們心底對他的感情都是最珍貴的，所以一定要好好的傳達給對方，即使被拒絕也沒有關係，最重要的是想讓對方知道的心情。」

有些時候將感情埋藏在心底最深處也是一種溫柔。我沒有說出口，我沒有足夠的精神力能夠抵抗眼前這個女人，所以適時打住是最經濟實惠的做法。於是我扯開微笑，臉上寫著「妳快點放開我的手我現在很勉強才笑得出來」，也不知道她讀懂了或是恰好，總之她鬆手了。

從此我的午餐時間絲毫無法抵抗的被納入她的小宇宙，大多時候聽著她說，高高瘦瘦、整潔俐落、有著早晨陽光一般的微笑、常穿帶有隱約條紋的淺色襯衫，最近唯臻注意到他似乎意外的喜歡甜食。

偶爾她會「溫柔的」逼迫我分享，其實沒什麼好說的，辦公室裡稍微值得注意的男人哪個不是高高瘦瘦、整潔俐落、常穿襯衫、有著早晨陽光一般的微笑，就像是整個部門除了我之外每個女人都是長髮。

「不覺得喜歡甜食的男人很可愛嗎？」

因為妳喜歡他所以就算他喜歡狗食妳也會覺得他可愛。忍耐。我拚命的忍耐住自己體內幾乎迸發的惡毒性格，敷衍的笑了幾聲，起初還會顧慮稍微配合但漸漸的鬆懈，分不清她是太過遲鈍還是太過淡然，總之她不在意仍舊相當愉快的進行著談話。

這也是一種才能，我想。

「明天就是一周年了。」

不要問，什麼都不要問是最好的選擇，但就算我不問她還是會說。所以只能盡可能的抵抗。於是我保持沉默認真的咀嚼著紅蘿蔔。

「不問是什麼一周年嗎？」唯臻用著小少女一般的羞怯神情期待的望著我，「芹亞？」

「我不想知道。」

「明天是我喜歡上他的一周年。」

就說了不想知道妳還說，再說又不是一見鍾情妳怎麼知道就是「這一天」喜歡上他，連生理期都會算錯的人，甚至連昨天午餐吃過什麼都可以忘記的人，我就不信妳這個「一周年」準確度有多高。忍耐。保持緘默是最好的策略。

「所以，我決定打破現狀。」

去吧去吧，不要拖我下水就好。吃完紅蘿蔔正當我把筷子伸向高麗菜的瞬間，我的雙手連帶筷子都被她扯了過去，我好後悔，我剛剛不應該死命抓住筷子讓它們直接往她飛去該有多好，然而無論多麼後悔都改變不了現狀，現狀就是我右手緊抓著的筷子受了她的拉扯有好幾度都差點戳到我自己。

「芹亞。」

「幹……嘛？」很好，趙芹亞妳做得很好，在如此危急險惡的狀況下還盈握住所剩無幾的氣質。雖然差一點就……

「我們，一起告白吧。」

「我不要。」

沒有思索甚至不需要腦細胞我直截了當的拒絕，果斷的，強烈的，配合著抵死不從的堅決目光。

然後被乾脆的忽略了。

「嗯、我們一起往前跨一步吧。」

「妳沒聽見我說不要嗎？」

□

又嘆了一口氣，無論以多麼懊悔的姿態回想這整件事也於事無補，事實上我就站在這裡了，同時看著站在那裡的她和他，我感覺自己的世界彷彿又陷落了一大截，兩隻腳分別站立在高低落差的兩端，必須時時刻刻施力才能維持平衡。

我閉上眼，又睜開眼，沒有、什麼也沒有消失。

唯臻捧著巧克力抬起眼以羞怯的目光凝望著掛著禮貌性微笑的男人，不過分熱絡也不顯得冷淡讓人感到舒適的弧度，精準的，彷彿經過計算一般密合的嵌在胸口那道微小裂縫之中，滲入一些溫暖，然而只是那麼隱微的溫度卻瀰漫在整個身體之中。

所謂的人啊，儘管體內湧生相當強烈的需要或者渴望，事實上也就只要那麼一點，那麼一點剛好就足夠，無論是些什麼，重要的是確實的觸摸到了意識最柔軟的部分。

他就是那樣的存在。

這個男人和那個男人都是，不、我斂下眼讓自己暫時什麼都不要去想，也不要去思考**這個男人和那個男人居然是同一個人**這件事。

謝唯臻簡直是我人生的磨難。

男人終究沒有收下巧克力，儘管唯臻的神情有些失望但旋即打起精神又對男人說了些什麼，男人離開經過我身邊時仍舊體貼的給了我一個淺笑，唯臻走到我身邊做了幾個深呼吸，眼眶有些泛紅但沒有讓水氣凝聚。

「我們一起吃掉吧，巧克力。」

她果斷的拉開蝴蝶結，我猜想是花上很長一段時間才打好如此漂亮對稱的結，卻只要輕輕一扯那些努力彷彿煙霧一般在眼前幻滅，我聽著包裝紙被撕開的聲響，接著是塑膠外包裝的摩擦，我側過頭不去看她，無論對方在不在乎，我總是避免記下對方傷心的模樣，儘管只是奢望，我希望被自己放進記憶的人盡可能抹去悲傷的顏色。

她將巧克力塞進我的手中，微涼堅硬的質地，接著我聽見她說：「因為已經做好心理準備，所以就算哀傷也不會掉眼淚，這種程度的拒絕，根本算不上拒絕，他剛剛對我說，『謝謝，但是我沒有辦法收下禮物也沒有辦法收下妳的心意』，用著很溫柔的嗓音和語調，讓我想哭的其實是這一點，不是痛苦而是慶幸，慶幸自己喜歡上一個這樣美好的人。」

我抬起眼的瞬間恰好看見她的淚水從眼角滑落，她凝望著我嘴角還有一抹笑意，不自覺的伸出手拭去她頰邊的水痕，卻因此讓她壓抑的感情一鼓作氣的迸發，她跨向前緊緊抱住我。

「芹亞，謝謝妳，如果沒有妳陪著我可能一輩子也無法向他傳遞我的感情，真的，這是我人生中第一次告白，雖然被拒絕了，但是我身邊還有妳，我真的好慶幸。」

她對我的錯誤認知似乎越來越扭曲了。嘆了一口氣，算了，這種時候就由著她吧。

但是我錯了。

唯臻緩慢將我推開，拿出面紙擦乾了臉上的淚水，彷彿雨過天青一般又揚起燦爛的笑容，就是這一瞬間那種毛骨悚然的感覺又將我攫獲，我的右腳比我的大腦還要精明，正想移動的端點雙手又被精準的箝制著，不、是熱絡的握住。

「雖然我被拒絕了，但是妳不能放棄，說好的，明天就換妳跟他告白了。」

我什麼時候跟妳說好了？

再說，妳現在是逼著我跟「剛剛拒絕過妳」的男人告白，無論對方接受與否都無法以簡單的尷尬輕鬆解釋，之中還牽扯了道德意識、感情糾葛，更重要的是我往後的辦公室安穩。

「明知會失敗趁早放棄才是最好的選擇。」我想甩開她的手卻動彈不得，「放棄也是一種勇氣。」

「但是人生總會有一分可能，不管多麼微小多麼困難，只要存在著可能，就有做的必要。」她以不容分說的氣勢震懾住我，「芹亞，人生之所以必須那麼拚命就是為了得到那一分可能，縱使失敗了，我們的人生也會有所不同，至少，我們可以從暗戀的同伴變成失戀的同伴。」

所以妳是希望我成功還是期待我失敗？

「我不要。」

「芹亞……」皺起眉她旋即變臉眼眶快速聚集水氣，用看著負心漢的標準眼神哀怨的瞅著我，雙手始終沒有鬆開我的跡象，「我們不是最好的朋友嗎？說好要一起暗戀一起告白的。」

她一定是誤會了什麼，而且是天大的誤會，至少我一點也沒有「她是我最好的朋友」的印象，一起暗戀一起告白什麼的也是在她自身的小宇宙運轉，而且我覺得她差一點就要接著說「一起失戀」。

我偷偷的深呼吸，忍耐，接著用盡體內全部的表演細胞努力的流露出同理但遺憾的表情。

「但是告白需要時機啊，我覺得屬於我的時間點還沒到……」

豆大的晶瑩淚水無聲的滴落。瞬間。彷彿我將她的世界無情的翻覆一般。

我好無奈。

「知道了啦，告白就告白。」

「嗯、我會在旁邊幫妳應援的。」

那瞬間，她笑得好燦爛，燦爛得讓人幾乎以為這世界從此會變成一片空白。

02

「我、我喜……我喜歡你。」

「然後呢？」

「你還要什麼然後？」

「說完喜歡之後總有後續啊，不然我怎麼拒絕，對吧。」

「請你和我交往。」

「——好吧。」

鎮日惴惴不安，心緒難定，翩若驚鴻，不、翩若驚鴻是我的期望不是我的現狀，伸手用力捏了僵硬的右肩，痛，不只是工作姿勢的影響我想有一半是心理壓力的緣故。

我到底該找誰告白？

唯臻已經知道「那個人」是公司同事，所以沒辦法隨意拉個路人塞個臨演費來解除危機，值得慶幸的是我當初面試時竭盡所能的展現我的虛情假意，所以任職的公司並不算小，但就算人多總不能站在電梯旁物色，接著看見順眼的就把對方拉進電梯裡進行協商吧。

儘管我逐漸覺得這是個值得實驗的構想。

重點是我沒有進行實驗的時間。

明天，就是明天，前天我花了一整個晚上「陪伴」唯臻並且用大量的甜食大量的酒精和大量的言語試圖拯救我自己，一點用處也沒有，那個女人的單純從某些角度切入就是執拗，於是我的努力只換來一天的喘息。

總之我必須在剩餘的時間內，從我有限的認識名單中挑出一個「萬一被傳出我喜歡他也不會丟臉、告白過後能夠絲毫不影響辦公室生活最好是待在本來就不會有交集的部門，同時必須肯定對方百分之百會拒絕我」的男人，篩選結果符合人數是零。

零。

想當然耳的結果。希望沒有交集但沒有交集的人本來就不太可能認識，讓人「不會尷尬」的男人又大多會有讓人尷尬的女同事覬覦著，而且最後一點不管怎麼樣都無法有效控制，誰知道對方會不會是誰都可以的類型，萬一告白的對象好死不死對我有好感那就更糟糕了。

趴在桌上把右臉頰貼著冰涼的桌面，透過裝滿水的玻璃杯看出去的世界產生微妙的扭曲，明白自己看見的是失真的畫面卻又試圖自那樣的畫面之中汲取到某些關於世界的線索，其實只要抬起頭就能看清想辨識的前方，卻彷彿被隱形的絲繩以不輕不重卻會產生細微拉扯的力道綑綁住，雙眼始終無法自失真的世界移開。

鼓起臉頰，因為右臉貼著桌面所以大部分的空氣都跑向左邊，接著用力的將空氣吐出，有一種虛脫感縈繞在彷彿空蕩蕩的體腔內，其實我可以不理會唯臻，雖然她勢必會變得很麻煩，但現在的她也一樣麻煩，所以嚴格比較起來並沒有太大的差別，只是這些日子被她纏著即使不想聽她的聲音也趁機滑進縫隙，這已經跟「喜歡那個男人」這件事無關了，純粹是不想承受她的失望。

我一定是太久沒有去討好關帝爺爺了。

緩慢的坐起身我的目光落在書櫃上的大合照，不、用力甩了甩頭這個選項如果在考試中一定是毫不猶豫被第一個刪除，撇開眼但我又默默移回視線，咬著唇我的注視慢慢成為瞪視，人生沒有考試那麼簡單也不可能有標準答案，所有的選項都有被實行的可能，並且，無論理智上意志上都強烈的認定那是個必須被刪除的選項，但是所謂的現實彷彿是為了反覆提醒我們一件事。

這世界唯一不存在的，就是所謂的不可能。

□

於是他就這樣站在我的正前方，精準拿捏著正直爽朗陽光好青年的和煦微笑，雙眼中閃動的卻是狡黠的流光，忍耐，我拚命忍住右腳往前踢的衝動，因為不遠處有個女人正在監視我的一舉一動，雖然她用的詞彙是「見證」。

「不是應該開始告白了嗎？」

深呼吸，用力的深呼吸，忍耐，都已經站在這裡了無論如何要演完這齣戲，雖然我想敬業一點至少扯開嘴角，但是沒辦法，一有這個念頭我就彷彿顏面神經失調一樣右半部產生不自主抽動，反正唯臻看不見我就乾脆地放棄細微的臉部表情了。

「要不是迫不得已我不會拜託你。」我盡可能和緩的說著，「我都已經買了你說想吃的巧克力，也答應會請你吃飯，所以，不要挑釁我，不、你現在的表情就是挑釁，雖然我會拚命忍耐，但你也知道我的脾氣不是很好，雖然在公司會盡可能的假裝溫和，但是那不代表我不會一時『神經衰弱』。」

「用著這麼溫柔的語氣進行可怕的威脅，真不愧是芹亞學姊呢。我最崇拜妳的就是這一點了。」

他眨著無辜的雙眼嘴角加深了一點正直青年特有的爽朗感，這男人，我最討厭的就是這種能夠精準表裡不一的類型了。因為那是我還沒辦法到達的境界。

「快點把巧克力收下然後拒絕我，這樣你就能去享受你的午休時間了。」

「可是畢業之後我們就只有每年社團重聚時見面，明明就是同公司，所以比起午休時間，和學姊這樣近距離的相處才更珍貴呢。」他以相當誠懇的語氣徐徐的說著話，「而且，能夠這樣毫無顧慮的『欣賞』學姊即將失控卻又巧妙的滑過危險地帶重新整理心情的歷程，比什麼都來得讓人感到放鬆呢。」

我好想用巧克力砸他的臉。

「任、博、淵！」深呼吸，我終於漾開一個燦爛的笑容，「不要逼我。」

「人家只是突然懷念起跟學姊在一起的日子嘛。」

「跟你說過一萬兩千次不要用『人家』也不要用狗一樣的口吻說『嘛』。」

「學姊真挑剔。」

忍耐。這男人這樣扭曲不是一天兩天的事了，說不定一出生就帶有這樣的性格，深呼吸，想當初我也曾經一腳踩進他設下的陷阱，自以為善良的替「爽朗但苦惱的單純學弟」處理過很多麻煩的事：例如他說「我不知道怎麼當幹部……」結果他當幹部我做事，或者他說「我不夠纖細可能會帶來反效果……」結果找他商談的學弟妹最後都我解決，最過分的一次他說「那個學長最近好像一直對我有『感情上』的暗示……」結果攪和了半天對方喜歡的是我。

心力交瘁之後回頭想告訴他「沒有這樣的事所以不要擔心」，沒想到迎接我的是他燦爛的笑容還有興高采烈搖來搖去的狐狸尾巴。

——因為覺得學姊實在對我太盡心盡力了，為了表示誠意我決定用最真實的一面來和學姊相處。

他愉快的說。一個字一個字仍然嵌合在我意識最痛的那一點，我寧可他一輩子都不要露出破綻也不要心軟，被當笨蛋耍並不重要，重要的是對方切實的讓自己知道「你就是個笨蛋」這才是最具破壞力的一擊。

「在我還保有理智的時候快點把巧克力拿走回辦公室，嗯？」

「好吧。」

他露出很無奈的表情，我捧高巧克力確保唯臻能清楚看見我的動作，但任博淵一點收下的意思也沒有。

「收下啊。」

「但是學姊還沒告白啊。」

不行、事到如今要是放棄就枉費我方才壯烈犧牲的腦細胞們了，我緊緊握著巧克力，目光直直的瞪視著眼前的男人，稍微閃神的話也許會被他的美貌和微笑給迷惑，美貌，我咬著唇，想著，但他一點也沒有陰柔的氣息。

「不要拿喬。」

「妳的朋友在看喔。」他眨了眨眼，放下嘴角擺出異常嚴肅的神情，語氣卻是全然無法連結的輕佻，「我的視力一向很好，所以很清楚的看見她的殷殷盼望，不過學姊，那不是妳最討厭的類型嗎？妳好像特別喜歡跟自己討厭的類型變成好朋友呢。」

你是在提醒當初你造成的創傷嗎？不要理會，這是陷阱。

「任博淵。」

「告白。」他以不容妥協的邪惡口吻，「不然我就去跟她說這都是串通好的。」

「你……」我好想尖叫，但喉嚨卻緊緊鎖著，花了一段時間好不容易才擠出一點聲音，妥協就好了，所謂的變態呢就是對方越掙扎他們越興奮，所以乾脆的投降反而受到最少的折磨，所以不要執著於自尊了，在這個男人面前我的自尊本來就被啃蝕掉了，「我、我喜……我喜歡你。」

「然後呢？」

「你還要什麼然後？」

「說完喜歡之後總有後續啊，不然我怎麼拒絕，對吧。」

忍耐。咬著牙痛一下就過去了，我把巧克力捧高了一些，拚命暗示自己「我並不在這裡」，真正的我也許正在哪個角落安穩的吃著午餐，試圖讓自己達到莊周夢蝶分不清是莊周或是蝶的境界。

「請你和我交往。」

「好吧。」

抬起眼我的身體瞬間僵硬，眼睜睜的看著他收下巧克力，嚴肅的表情又換回爽朗青年的微笑，不、是更進階寫著「雖然很訝異但我真的好開心」的笑容，他剛剛說什麼，到底他剛剛說了什麼？

「你……」

我只發出一個音，接著他往前跨步踏過我和他之間的空白，伸出手將我擁入懷裡，我的意識一片空白，不該是這樣的，劇本明明不是這樣寫的，但是我開始搞不清楚我是趙芹亞還是一隻蝴蝶了，只能被動的感受著他的溫度。確實的。

接著他說。

「學姊。」用著非常輕緩、非常溫柔的口吻在我耳邊吐著氣息，「沒辦法我最近真的太無聊了。」

我要瘋了。真的完全瘋了。

一片空白。我的腦袋一片空白。甚至連「空白」這個概念都消失無蹤，總之我只能全身無力的坐在椅子上任憑唯臻緊緊握住我的雙手自顧自的感動，偶爾會被「我真替妳高興」這類的字句扎進胸口，短暫的疼痛感能夠喚回一些意識，而我用著剩餘的意識拚命想著我到底是趙芹亞還是一隻蝴蝶。

——從這一瞬間開始，妳就是我的女朋友了。

突然我站起身，一股惡寒毫不留情的竄進身體深處，我瞪大雙眼迎上唯臻不解的目光，這個女人，明明是罪魁禍首為什麼可以用著無辜的表情直直的望著我？

「芹亞妳怎麼了？」

「其實，剛剛什麼都沒發生對吧，對吧對吧對吧！」

唯臻愣了一下旋即揚起甜甜的微笑，沒錯、接下來妳一定會告訴我這所有的一切都只是我的幻覺，然而我仔細望著她緩慢開闔的唇，氣力又瞬間被抽離只能癱軟無力的坐回椅子上。

「放心，那絕對不是想像。」唯臻用著無比浪漫卻堅定的口吻宣判我的末日確實到來，「我明白，如果是我的話也會不相信那是真的，實在是太浪漫了，簡直是電影情節。但是芹亞，這一切都是真的，真的。所以一點也不需要擔心。」

真的。

幽幽的嘆了一口氣，她根本不知道任博淵是從地獄來的物種，而且是那種會讓除了當事者以外的所有人都以為他是天使的類型，所以無論當事者發出多麼淒厲的叫喊，身邊的人反而會替他抓住再度送到他面前，甚至大多時候的當事者也以為他是天使。

——是學姊自己來找我的喔。

午休時間終於結束，唯臻不甘願的離開我身邊，突然我開始考慮辭職的可能性，反正我學貸還完了也沒有房貸之類的債務，乾脆找一個誰都不認識我的地方重新開始，順便忘了半小時前的那一切。

他站在我的面前，前一秒鐘的擁抱彷彿只是錯覺，我們之間仍舊隔著一段禮貌而安全的距離。凝望。他的嘴角漾著溫柔的波光。

「看學姊朋友的表情，她似乎很滿意我寫的劇本。」

「你、你……」我進行著長長的呼吸，確保氧氣送到腦細胞，「你到底想做什麼？」

「因為我很無聊。」

「你也知道你很無聊嗎？」

「所以才要找事做啊。」他揚起人畜無害的微笑，「是學姊自己來找我的喔。這就叫做心有靈犀，真不枉費學姊是這個世界上唯一看見『真正的我』的人呢。」

「你現在還有拒絕我的機會，乖，反正剛剛那個奇怪的擁抱可以解釋為安慰，博淵啊，過去的恩恩怨怨就一筆勾銷，學姊待你不薄也替你做了那麼多事，我沒有其他要求以後也不會再請你幫任何忙，只要現在，表現出拒絕我的樣子就好，嗯？」

「就是因為學姊對我那麼好，終於有機會能報答當然不能浪費啊。」

「任博淵，」忍耐，顧不得右臉頰正劇烈抽動我仍舊試圖扯開微笑，「我不需要任何報答，不需要，只要你……」

「既然不需要我報答那學姊現在也不要提任何要求。」我的手開始顫抖，差一點、就差那麼一點我的右手幾乎要往他的臉飛奔而去，然而他彷彿看穿了我的意圖伸出手握住我的雙手，「人家想念跟學姊一起玩耍的日子嘛。」

「不要用那種正直爽朗好青年的燦爛笑容說出這麼可怕的威脅。」

「學姊好像不知道什麼才是威脅呢。」

「你說什麼?」

他往前踏了一步，我和他之間的距離幾乎為零，他的氣味他的呼吸甚至他的體溫都輕輕撫上我的肌膚，抬起眼我沒有反抗的力氣也沒有抵抗的空間只能直視著他深邃的雙瞳，那之中有我的倒映。

斂下嘴角他仔細注視著我，那一瞬間我感到有些恍惚，幾乎以為他的雙眼裡帶著他的真心。幾乎。

「從這一瞬間開始，妳就是我的女朋友了。」

任博淵的唇輕輕貼上我的額際，溫熱，輕緩，確實，接著他將他的額頭抵住我的，這麼近的距離我反而什麼也看不見，沒有任何選擇只能呼吸進屬於他的氣味，他說，一個字一個字以無比溫柔的口吻。

「這才是威脅。」

03

生命之中有太多如果，然而當那些如果都成為錯過之後，我們總會選擇撇過頭彷彿那些如果從來就不能夠被選擇。

我明白，非常清楚的知道這一點，卻死命的，死命的假裝自己什麼也不懂。

我的生活並沒有太大的動盪或者改變，儘管我耗費了極大的心力才說服唯臻和我簽下保密協定，好朋友之間的祕密，我很可恥的用了這樣的詞彙，然而在她以壯士斷腕般的表情應允之後我開始覺得一切都無所謂了。

抱著厚重的資料夾我隱微的嘆了一口氣，低著頭盯望著自己的白色低跟鞋，接著看見另一雙深褐色皮鞋映入視野，同時我的右半部身體感受到一股撞擊，資料夾散落一地抬起頭我迎上的是他訝異的臉。

「啊、對不起。」

「沒關係。」他沒有追究為什麼路這麼大條我偏偏就從背後撞上他，帶著淺淺的微笑蹲下身替我撿拾起資料夾，「幸好是撞上我，撞上牆壁會很痛呢。」

我只能尷尬的傻笑。

「剛剛有點恍神。」隔著一步的距離，自從新人訓練之後我就再也沒有離他那麼近，和印象中有細微的差異，錯合之間卻被唯臻燦爛的笑容給打亂，於是我斂下眼，「我、我要把資料送給部長。」

低著頭也沒等他回應就逕自往部長辦公室走去，心情有些複雜，打從一開始就沒有期盼過會和他有任何的可能，然而人心總是貪婪，一旦站在面前就想聽見對方的聲音，一旦靠近了就想抓住，所以我總是盡可能的讓自己保持在一個所有期盼都只能是奢望的位置，只是有某些什麼悄悄的被打亂了，唯臻告白的那一瞬間，在我身體深處有某個地方安靜的塌陷。

我知道，**儘管是奢望，也還是存有著想望。**

停下腳步我轉身望向他離去的身影，那些日子我總是找尋著不被起疑的空隙記憶著他的輪廓，從面試那天他無聲的遞給我一支筆開始，我還沒跟他好好說謝謝，或許是這份懸念使他的影子日益深植，那支筆依然躺在我的抽屜中，我想要歸還卻又抗拒著歸還。

「芹亞學姊這樣看著其他男人的背影發呆，人家可是會吃醋的呢。」

「你在這裡做什麼？」

「這裡是『路』，是用來經過的。」任博淵很自然的將手搭在我的肩膀上，刻意的把全身重量壓在我身上，並且以無比親暱的姿態貼近我的耳畔，「學姊的品味真是千年不變。」

「要你管。」

掙脫他的右手轉身就想離開，下一秒鐘卻被乾脆的拎住衣領，「不否認啊。」

「放開我。」

「這不是對男朋友該有的態度呢。」他跨前一步幾乎貼上我的背卻又留下無比曖昧而充滿脅迫感的空隙，能夠清晰的感受到它的存在卻又沒有任何實質上的碰觸，他一向擅長這樣的灰色地帶，「但我是盡責的男朋友，既然是女朋友看上的男人，我就幫妳追到手吧。」

「不要多管閒事。」

「就因為是閒事才要攪和，就對妳說過了，最近實在是太無聊了一點。」

任博淵以理所當然的姿態坐在我的身旁，對面是一臉開滿少女心粉紅玫瑰表情的唯臻，我的太陽穴有些抽痛，尤其是看見他和同事從玻璃窗外經過的那幾秒鐘幾乎是處在隨時可能迸裂的邊界，我盡可能鎮定的喝著水，揚起虛偽的笑容附和著唯臻的小劇場，很好，大約再三秒他就會踏離視野……

然而下一秒鐘他卻推開了玻璃門。

他找尋空位的目光不期然滑過我的臉龐，似乎有隱微的詫異卻旋即換上禮貌的弧度，他流暢的在窗邊的位置落座，收回視線我看見的是雙眼膠著在他的方向的唯臻。

那麼他的詫異他的微笑究竟有多少是屬於我？

想一口氣灌下冰冽的檸檬水卻在拿起水杯的動作途中被猛然制止，瞪向抓住我手腕的任博淵，他勾起玩味的微笑，彷彿僅僅在那樣的流轉之中他早已了然。

「是認識的人嗎？」

不是對著我，而是對著唯臻說。

「嗯。」她低下頭語調帶有一絲羞怯，我設法掙脫任博淵的手，撇開眼無法直視她刺眼的感情，「算是吧。」

服務生上餐的時間點恰好在一個極為曖昧的斷點，中止了對話也阻斷了解釋，於是讓想像與自我解讀無限延伸，唯臻纖細的手拿起筷子，彷彿像一種暗示，那些感情早已融進她的動作之中而無須多做說明，而我，卻已經喪失了聲音。

這不是選擇而是被選擇。

「該說是戲劇性呢，還是學姊妳這個人本身就會被攪進帶有荒謬感的漩渦之中呢？」

「用白話文說話，我現在沒有多餘的腦細胞可以陪你拐彎抹角。」

「不過就是個普通的男人，」他漾開爽朗的陽光微笑，眼眸中卻泛著濃濃的調侃，「不適合，一點也不適合當主角，爭奪我還比較有說服力。」

我決定忽略他。

「啊、我明白了。」

他像是靈光乍現一般愉快的說著「原來如此」，伸出手搭上我的肩膀，像狗一樣把頭抵著我，真的，我跟他的關係惡劣到了無法以言語簡單說明的境界，但他從以前就喜歡以這種狗一般的姿態貼著我，於是所有人都以為我和他感情異常黏膩，不、其實只是因為他知道我不喜歡，而他特別喜歡進行我不喜歡的事情。

謝唯臻去化妝室也太久，這個男人只要身邊沒有人就開始肆無忌憚。

「是這樣學姊才要向我告白啊，因為不能讓朋友知道自己真正的感情，所以才來玩弄學弟的愛吶。」到底是誰玩弄誰，「不過這樣學姊不會後悔嗎？」

「我最後悔的是找上你。」

「真傷我的心。」他又開始像狗一樣在我身上磨蹭，而且用的還是令人無比厭惡的正直青年的爽朗表情，最後他以不容抵抗的姿勢緊緊圈抱住我，「我女朋友真狠心。」

「放、開、我。」

「那個、我是不是不該回來啊？」

他終於鬆開手，對著唯臻揚起無比燦爛的王子般微笑，我好無奈，特別是看見她眼底流動的羨慕與感動之後，任博淵以極其無辜的眼神瞄了我一眼，他一個字也沒有說，讓唯臻的小宇宙能夠自行將眼前畫面發揮得淋漓盡致。

接著，在唯臻拿著帳單跑向櫃檯的時間差之中，他低下頭貼近我耳畔輕輕的說。

「學姊好像也不是多喜歡那個男人，」我抬起頭迎上他戲謔的淺笑，「妳好像徹底忘了，他，一直都坐在能夠清清楚楚看見我們的位置上呢。」

我側過頭，恰好，對上他的雙眼。

而他，在我身邊的這個他，彷彿蓄意一般輕輕施力將我拉進懷裡，他別開眼，我卻還是只能一動也不動的望著他。

□

「妳又跟任博淵勾搭上了啊？」

「『勾搭』這個詞不是用在這裡。」

「如果妳比較喜歡『糾纏』的話也無所謂。」

瞪了柚子一眼，我有氣無力的趴在拉拉熊抱枕上，哀怨的發出嗚嗚聲但她居然無情的用巧克力棒的盒子扔向我，吵死了，用著後母般的口吻，一點同情心也沒有。

「既然是妳自己去招惹人家，就不要在那邊鬼叫。」

「這又不是我能選擇的……」

「如果妳當初想辦法拒絕妳同事、如果妳堅持不要告白、如果妳找其他人來即興演出，或是如果，妳狠下心直接對那個男人告白，只要妳選擇其中一個如果，妳的現狀裡就不會有任博淵。」柚子冷冷的往痛點踩去，「所以，妳活該。」

活該。

生命之中有太多如果，然而當那些如果都成為錯過之後，我們總會選擇撇過頭彷彿那些如果從來就不能夠被選擇。

我明白，非常清楚的知道這一點，卻死命的，死命的假裝自己什麼也不懂。

「但是正常人會做出那樣的事嗎？這根本不是我的問題，要是有人要我假裝拒絕對方的告白，我一定乾淨俐落不留一絲痕跡。」

「哼。」柚子冷哼了一聲，右側嘴角輕輕挑起，那之中瀰漫著濃濃的不屑感，

「他不是正常人，他是任博淵，妳就是知道這一點之後還去找他幫忙，結論還

是妳活該。」

沒有反駁的餘地。全然。

「活不活該不是重點。」至少我不想把這一點當作重點，「重點是我根本不知道任博淵想做什麼，上午才說要幫我追喜歡的人，中午就故意在他面前表現親暱，下午又像失憶一樣彷彿什麼也沒發生過，我沒辦法，雖然不斷想精進自己虛情假意的能力，但面對這種更虛情假意的人我胸口就會湧上滿滿的怨念……」

電話。我熾烈的感情還沒推上高點就被乾脆的破壞，我一點也不想接電話，連打電話的時點都能拿捏得恰好、精準、分秒不差的響在最不應該響的瞬間，另一端的人百分之九十九是謝唯臻。

「接電話。」柚子伸長她那修長白皙到讓人覺得哀傷的腿用力踹我，「很吵。」

「暴力室友。」

「這種程度也叫暴力的話就真的是世界和平了。」她接著用漂亮的右手撈起我的手機往我柔軟到也讓人很哀傷的肚子砸來，「在廣告結束之前妳沒接起來妳就死定了。」

忍耐。千萬要忍耐。眼前這個美麗女人不是模特兒而是跆拳道教練，而且是脾氣不好的類型。

深呼吸，將語調調整到溫柔但強烈表現出「我很忙只能給你三秒鐘」的狀態，在結束廣告的驚險瞬間我接起了電話。

「唯臻嗎？我現在……」

「我現在在妳家門口。」

「什麼？」

「開門。」

然後電話掛斷了。

一分鐘前還夾著鯊魚夾慵懶躺在沙發上一雙腿還放在桌上的女人，瞬間恢復成飄逸長髮正襟危坐雙腿還不經意以展示的方式伸展，她臉上帶著淺淺的氣質微笑，坐啊不用客氣，接著對方順從的在她斜對面的位置坐下，最後兩雙眼緩緩抬起目光定格在我的身上。

——還不去倒茶？

雖然沒有人開口但我清清楚楚接收到異常強烈的訊息，瞇起眼想說些什麼但在柚子輕輕挑起眉而另一個人笑容稍微加深的瞬間，我旋即轉身走向廚房調製九分冰塊一分蘋果汁的飲料，放在「客人」面前之後我選了最遠的位置坐下。

「突然來這裡有什麼事嗎？」

「因為突然想芹亞學姊了，」他漾開溫柔到讓人胸口泛疼的微笑，「所以無論如何都想見她一面。」

我的嘴巴根本闔不起來，看著眼前這兩個明明認識但假裝初次見面還流暢說著鬼話的兩個人，我差點以為這是舞台劇現場，並且以後現代的手法讓我以為自己並不是觀眾而是演出者。

「我們家芹亞真是幸福呢。」

「不、這是我的任性，對芹亞學姊而言大概是困擾吧。」他皺起眉憂鬱的斂下眼，「我應該要學會克制自己的感情。」

「這就是愛情不是嗎？」

我受不了了。

「你們還要繼續嗎？」
柚子的嘴角綻放開十分燦爛的甜美微笑，下一秒鐘卻換回開門前的後母臉孔，像解除警戒一般靠上沙發：「平時不練習萬一妳『真的』男朋友來怎麼辦？」
「芹亞學姊就是缺乏危機意識。」
「隨便啦。」柚子的注意力又轉回電視上，伸手開了第二包巧克力棒，我問，「你來我家做什麼？」
「人家想妳嘛。」
「不要用爽朗的表情說那麼油膩的話。」我的胸口突然一陣悶窒，「說實話。」
「愛妳的男朋友我，用卓越的能力替妳掌握了那男人的行蹤。」他伸出右食指勾了勾手，理智上知道必須抵抗但身體卻絲毫不受控制的往他移動，最後坐在他的身邊而他用著食指輕輕抵著我的下巴，「每個星期三晚上他都會和部門同事一起打籃球，裡面恰好有一個跟我關係不錯的同期同事，我跟他說今天晚上我也想加入。」
「然後呢？」我眨了眨眼，「你的策略是先跟他混熟然後把我介紹給他嗎？」

「太浪費時間了。」

「不然呢？」

「去換衣服，妳，和我一起去。」他收回抵著我下巴的手，臉突然湊近到能夠清晰感受到他的呼吸的距離，「沒有必要跟他混熟，妳的工作是勾引他。」

04

每個人都想要最好的，但最幸福的人往往都不是得到最好的那些人，特別是愛情，遺憾與不足是必須的部分，正是因為缺憾而讓人感到真實，才能真正讓人得到愛。

……勾引？

坐在籃球場旁的階梯上，我望著眼前那群有些穿著T恤有些還穿著襯衫西裝褲但共同追著同一顆球跑著的男人，我的視線不自覺地追尋著那個男人，他的目光緊緊跟隨著球，儘管明白這是一場球賽然而彷彿隱喻一般，他的凝望也許會落在任何一個點但不會是我。

剛才任博淵以相當簡單的方式介紹我，芹亞，也是同公司的同事，接著禮貌性的寒暄之後我就連同男人們的私人物品被擱置在一旁，我並不是冀望被熱絡的捧著，純粹是任博淵如此自然又帶點不在意的介紹方式任誰都會將我自動帶入「他的女朋友」這個模式。

這樣我怎麼勾引另一個男人？

「別人的總是比較好。」任博淵以曉以大義的口吻說著，「無論以客觀來看芹亞學姊妳有多麼普通，加上了『別人的』就像是突然被升級一樣，嗯、跟品牌概念一樣，特別是我是個名牌層級的男人。」

「你以為每個男人都跟你一樣道德感扭曲嗎？」

「哼。」背對著男人們他露出相當輕蔑的表情，接著勾起帶有絕對性邪惡感的弧度，「男人啊，只有兩種，一種是誠實的男人，另一種是不誠實的男人，但是誠不誠實是理智的問題，如果妳夠厲害的話，無論是哪一種男人，只要勾住了他的感情就能讓對方拋棄理智甚至拋棄自尊。」

……夠厲害的話。

幽幽的嘆了一口氣，中場休息，任博淵在我身邊坐下，強烈的熱氣透過我和他之間的空白傳來，容不下另一個人卻也無法輕易靠近對方的距離，抬起頭我望著他，這男人喝水的模樣彷彿不遠處有攝影機對著而他是礦泉水廣告男主角。真讓人鬱悶。

「用這麼炙熱的目光對著我，妳終於明白我是名牌而他是開架式商品了嗎？」

「不好意思，我只是個買不起名牌貨的OL。」

「沒關係。」他深感同情的摸了摸我的頭，「每個人都想要最好的，但最幸福的人往往都不是得到最好的那些人，特別是愛情，遺憾與不足是必須的部分，正是因為缺憾而讓人感到真實，才能真正讓人得到愛。」

「但是遺憾也會讓人失去愛。」

我說，移開視線讓其落在遠方的某一點，遺憾，不自覺地咬著下唇，遺憾，正因為兩個人之間存在著難以被彌補的遺憾所以無法真正觸碰到對方，於是在原有的遺憾之後又疊加上另一份遺憾，於是，兩個人只能眼睜睜的目睹著眼前的陷落而無能為力。

我明明看見了你的愛情，說著，卻無論如何都無法靠近也難以觸碰。

「中場休息結束了。」突然我站起身，側過身低下頭對著任博淵揚起淡淡的微笑，「結束和開始大多時候是一樣的，所以，回球場吧。」

「就算是一樣的指稱，我也會選擇開始而不是結束。」

——人生中充滿選擇以及被選擇，我之所以往前跨一步是為了成為選擇的人，也為了不成為只能被選擇的人。我想起他曾經這麼對我說過。

他站到我的面前，收起所有表情毫無掩飾的直視著我的雙眼，沒有任何言語，就只是這樣看著而已。

然後，沒有留下任何聲音就轉身走下階梯，我閉起眼，我不想記下，和那瞬間太過相似的畫面。

□

我完全參不透這是怎麼樣的展開。

踏著街燈的影子，我低著頭盯著自己的紫色帆布鞋，雙手不由自主地抓著外套下襬，找不到適當的言語打破流竄在彼此之間的沉默，不是難受的安靜卻帶著些微緊張感。

我不知道任博淵編造了什麼樣的藉口又做了什麼樣的安排，總之他被指派來送我回住處，送「不熟的同事的女朋友回家」這本身就是讓人尷尬的情境，況且又加上「這個女人的朋友曾經跟我告白又被我拒絕」這一點，萬一被他知道「其實這個女人喜歡我」說不定會僵硬石化，這樣我就可以順手將他帶回家當作客廳擺飾，想到這裡一不小心我就笑了出來。

「怎麼了嗎？」

「嗯？」扯開尷尬的微笑我輕輕的搖頭，「大概尷尬到了某一種程度之後就會有莫名其妙的反應吧。」

接著他也笑了。

「抱歉，其實我不是很擅長和女孩子說話，所以才會讓妳感到那麼尷尬吧。」他露出靦腆卻直率的淺笑，「我好像還沒自我介紹，許澤愷，我們是同期，不過妳大概不記得了吧。」

「我記得。」發覺自己的回答似乎有些急，我放緩了呼吸以盡可能婉約的語調，「雖然在不同部門，也沒說過幾次話，但每次偶然碰見你都會給我一個微笑，所以，有些時候甚至會自以為和你其實是朋友，不過，像這樣說超過三句話，應該是第一次吧。」

踏著影子我忽然想，假使我和他之間沒有唯臻那麼究竟有的會是更多的可能抑或更多的不可能？

沒有唯臻就不會將任博淵牽扯進我的生活，然而沒有任博淵我現在就不會站在他的身邊；但卻也因為唯臻的存在，或許該說是她的感情，讓我無法安分卻又難以前進，她的感情逼迫我正視自己的想望，同時橫在我的想望之前，形同一種阻擋。

我可以不去在意唯臻，她不過是兀自闖入我生活的人，在她之前我先有的是對他的感情，然而每天望著她純粹而直率的感情我又怎麼能夠視而不見？

這條路無解，那條路也無解，如果不硬闖的話就只能在原地打轉，然而一旦強行通過必然有人受傷，也許是我，也許是在路途設下阻礙的人，又或許最後兩敗俱傷。

都是因為這個男人。這個帶著淺笑卻什麼也不知道的男人。

說不定滅了他是最乾淨俐落的方法。

不、甩了甩頭這世界沒有那麼簡單乾脆，而且，好吧、我捨不得，所以暫時留他一條命，我就繼續糾結讓頭繼續痛吧。

「你們常常這樣一起打球嗎？我以為上班那麼累之後只會想回家休息。」

「一開始只是想活動身體，不知不覺就變成行事曆上固定的活動，不過工作的疲累和運動的累不一樣，一群人追著一顆球只想著抄截、得分，這世界就突然變得很單純也很簡單，最後累得癱坐在地上反而有一種把身上負面的東西都宣洩光了的感覺。」他看了我一眼卻沒有多做停留，「再說，一群單身男人不喝酒就只能運動了。」

——單身。

我抬起眼反覆確認這個關鍵字，單身，勾引，任博淵的聲音又在腦袋中打轉，不行，想到勾引我的腦中就只浮現瞇眼舔唇的動作，我做不來，再說從電影裡看來的東西大多時候無法應用於生活，應該說絕對不能應用於生活。

「我……」盡可能擺出最吸引人的角度用著輕緩細柔的嗓音緩慢勾起眼，但他一點動搖也沒有，態度自然的等著我沒說完的話，「我到了。就在這棟公寓的三樓，燈亮著的那間。」

以防他可能會心血來潮想帶著吉他來唱歌表達愛意，我說得非常詳細，雖然這六年多來唯一一個透過那扇窗呼喊我名字的只有任博淵，而且是帶有絕對威脅感的聲音，但偶爾人生還是會出現奇蹟的。

「那妳先上樓吧。」

他說，雙眼之中沒有引人遐想的流光，卻有我身影的倒映，那是物理性理所當然的現象，卻緩緩揉進我心底深處的盼望。

「謝謝你送我回來。」時間確實的流逝然而有些什麼逐漸滑進我的體內，「還要過去跟其他人會合吧。」

「嗯，早點休息吧。」

說了再見之後我以非常優雅的姿態走進公寓大門，關起門的瞬間我旋即轉換成追公車的狀態往三樓狂奔，拉開門衝進屋內柚子連話都還不及說我就已經站在那扇窗前，深呼吸，深深長長的吸氣吐氣，右手緩慢伸向水藍色窗簾，柚子似乎說了些什麼但我根本聽不進去。

拉開窗簾之後也不會看見他，儘管明白這一點卻仍舊希望，如果有那麼微薄的可能，或許能看見他尚未全然踏出的背影，我沒有那麼純情，卻揮不走這樣的心思，咬著唇我終於拉開窗簾。

躍入視野的是他令人安心的溫柔微笑。

抬起手他輕輕揮著，我只能這樣呆愣的看著，右手緊緊抓握住窗簾凝望著他的轉身以及他的離去，最後消逝。

「妳在做什麼？」

柚子走到我身邊時他已經跨出眼前的畫面，我的目光依然膠著在起先有他的位置，「拉開窗簾的時候，他還站在下面。」

「他？」柚子朝窗外望了望，「啊、妳跟任博淵要追的男人，然後呢？」

「正常男人會這樣嗎？」

「有禮貌一點的大概都會吧，畢竟還是要確認對方真的回到家了。」幽幽的嘆了一口氣，「果然除了禮貌之外不會有別的了。」

「難說，也可能有別的意圖。」

「但是我一點也感受不到他有什麼意圖，就只是被拜託送我回來所以必須沒有意外的將我送達。」

「那就真的只是禮貌了。嗯、但這種禮貌根本像是陷阱，一不小心就會讓人掉進去。」柚子同情的拍了拍我的肩，「不過人家什麼也沒做妳就已經自己跳進去了，妳也沒辦法事後把責任推給他了。」

「看見朋友掉進陷阱妳不會扔繩子來救嗎？」

「繩子。」柚子偏過頭以她美麗的雙眼認真的注視著我，「我扔了繩子妳就會甘願拉著往上爬嗎？」

——所以，就是要把妳越推越深，直到妳自己喊著要爬出來想離開，那時候扔下的繩子才不會浪費。

躺在床上燈已經關了但窗外滲進的光線已經足夠辨識房間內的物體，我望著顯得過於光亮的窗外，三樓的高度能看見許多平時看不見的光景，然而真正能看見的卻仍舊是有限的某些畫面，我們總是試圖獲取更多線索而往上攀爬，卻在終於能夠將整座城市納入雙眼時才得以明白，事實上所凝望的並不是得到，而是失去。

然而每當想逃避的時候我就會往高處攀爬，像這樣站在不高也不低的位置，不會遺漏他，卻也能夠模糊某些我不願意承受的銳利。

所以我總是隔著一段能夠適當清晰卻也適當模糊的距離記憶著他，接著，反覆的告訴自己其實我並沒有那麼喜歡他。

翻過身將自己埋進枕頭，我的生活被任博淵和謝唯臻攪和到亂七八糟，而誰也沒有停手的打算，猛然坐起身，乾脆一點剪斷纏來繞去的線，我不喜歡、非常不喜歡失序的日常。

猛然地我坐起身，所謂的決心就只是那麼一瞬間的意念，一旦錯過也許就再也無法脫身。

拿起電話毅然按下撥號鍵，一聲、兩聲、第三聲尚未結束電話就被接起。

「想我了嗎？」

「我有話對你說。」

「那男人送妳回去的途中，近距離的相處讓妳突然醒悟對方果然只是普通人，所以來向我懺悔說自己實在太沒有眼光嗎？」

「跟他沒有關係。」

「那一個女人在深夜打電話給一個男人，嗯、難道說……」

「到此為止吧。」

「芹亞學姊害羞了嗎？真可惜看不見妳的表情，那明天……」

明天。

總是有一個又一個的明天，一個又一個更加糾結難解的明天。

「這一切，就到此為止吧。」我說，沒有給他任何能夠開口的時間差。一直以來都是這樣，儘管他總是在我身邊說著大量的話語，然而真正他想說的，我卻總是以蠻橫的姿態封住他的聲音。「很抱歉將你牽扯進來，但不管是我的生活或是我的感情，都到此為止吧。」

短暫卻醞釀的漫長沉默逐漸在通話兩端擴散，他的呼吸聲彷彿傳來隱約的震動，我的右手微微陷落進床鋪之中，沉默一步一步逼近我的極限，我的話語都已滑上喉頭他卻踩在臨界之上輕輕的笑了，透著一股淡淡的冷。

「……到此為止？」

他輕輕的、用著非常輕非常緩的口吻低聲喃唸，我的胸口忽然泛起隱約的疼痛感，彷彿融進呼吸一般的細微，卻也同時攫獲了所有的呼吸。

我等著。

「芹亞學姊一向都這麼聰明呢，不、應該說是狡猾。」咬著唇我斂下眼，「在得到真正的失敗之前先自行宣告失敗，反正都是失敗所以就趁早收手，但是，學姊其實比誰都還要清楚吧，所謂的投降，和失、敗，是截然不同的概念吧。」

「任博淵……」

「不。」他刻意留下一個鮮明的頓點，「我沒有停止的打算，無論是妳的生活或是妳的感情，趙芹亞，這是妳欠我的。」

沒有任何預告他斷然的切斷通話，空泛的長音在我耳邊迴盪，這是妳欠我的，我閉起眼右手緊緊抓握住床沿，某些什麼忽然劇烈的竄出，我以為他不在乎，我真的、以為他一點也不在乎。

但經過漫長的歲月之後我終於明白，那不過是一種以為。

05

那個時候因為想逃避而一步一步往後退，只要看見他再度趨前我就退得更遠，忽然有一天我發現兩個人的距離就定格在某一點了，有很長一段時間我總會凝望著之間的空白，想像著那之中所有被抹去的可能，明明選擇後退的是我，卻像是什麼被強行奪去一樣的想像著，於是我開始說服自己，漸行漸遠和一方往後退的結果都是一樣的。

我明明什麼都沒有做為什麼會有強烈的罪惡感？

仔細的將豆腐均分為二，再分成四等份，接著是顯得相當勉強的八等份，試圖進行十六等份切分時盤裡的豆腐已經塌成一片，儘管顯得比較工整但一般人大概會直覺認為那是胡亂搗碎的結果，因為不會有人那麼無聊想將兩口可以吃完的豆腐均分為十六等份。

無論過程多麼小心翼翼包含著如何的心思，被看見的終究只有結果。

「怎麼了嗎？」

因為有莫名其妙的罪惡感所以坐在妳面前沒辦法好好吃飯，但妳又無視我的拒絕我的抵抗勾著我的手脅迫我坐在妳面前，瞄了她一眼我放棄那塊豆腐了。

如果感情也能這樣輕易放棄就好了。

「沒事。」

「可是……」她欲言又止的模樣讓我更加鬱悶，差一點就要失控朝著她大喊「我喜歡的人和妳喜歡的是同一個人」，我的嘴都已經張開卻被她突然高亢的語調狠狠塞住，「一定是因為任先生不在的關係，嗯，我明白，但就算是這樣也要好好吃飯，不然任先生會擔心的。」

我的罪惡感瞬間煙消雲散，取代的是濃烈想將她大腦剖開研究內部結構的念頭。

「專心吃飯吧妳。」

舀了滿滿一湯匙的飯猛然塞進嘴裡，為了避免自己失神說出不該說的話，覺得這樣似乎還有說話的空間於是又塞了一口，同時我決定要是對面那個女人再多說一句話我就把飯塞進她的嘴裡。

「芹亞……」挖好飯我準備好了只要她再……「澤愷前輩？」

「路上遇到就約他一起來了，原來你們認識啊。」

「……也不算認識啦。」

任博淵連看我一眼也沒有卻流暢的在我身邊坐下，於是許澤愷只能在剩餘的空位坐下，唯臻嬌羞的低下頭，他扯開淺淺的微笑，禮貌，卻總感覺之中帶有隱微的尷尬。

「很餓嗎？」

……什麼？想回答任博淵卻突然發現自己發不出聲音，天啊，我的嘴裡還塞著滿滿的飯，摀起嘴低下頭我拚命的咀嚼，許澤愷笑了，儘管立刻轉移話題但他就是笑了。

我好鬱悶。

好不容易吞下口中食物伸手碰觸到冰涼的玻璃杯，緩慢吞嚥下烏龍茶一股低溫滑過我的身體形成一種舒緩卻同時拉扯，除了我之外的三個人以流暢而帶著些許試探的姿態聊著天，放下杯子無須迴避也無需藉口就能夠凝望著他，然而納入視野的還有笑得燦爛卻羞怯的唯臻。

看著他和她，佔據我思緒的卻是不在我視線之中的另一個他。

安靜地咀嚼確實的吞嚥，我一句話都沒有說，直到他說有工作必須提早回去處理而離開座位，而唯臻也假借想回去補妝跟著站起身，我才嚥下最後一口食物，說了簡短的再見。

於是我看見他和她離去的背影。

「芹亞學姊沒有話想對我說嗎？」

轉過頭任博淵帶著燦爛微笑眼底卻沒有任何愉悅的望著我，我和他離得太過靠近，近得讓人不得不看見某些不願意知曉的什麼，也近得不得不暴露某些不能夠被對方看見的什麼。

「我……」

「本來就沒有寄望謝禮，但連謝謝都沒有說，是不是枉費了愛妳的男朋友我昨天的苦心安排？」

他的眼中依然沒有笑意語氣卻一如既往的輕佻，我和他之間有一段刺眼的空白，關於深夜裡寒冷的對話彷彿那陣風從未竄入肌膚一般，那裡沒有風，從來就沒有，咬著唇我深而緩的呼吸，他知道，所以他沒有收起微笑也沒有下一個動作像是定格一樣沉默的等著，等著，等著我接下該說的台詞做出該有的動作。

「他只不過是當作送朋友的女朋友回家，根本一點進展也沒有。」我斂下眼，拚命逼著自己說話，適當的話，「再說，你也看見唯臻剛剛的樣子了，我覺得還是不要繼續比較好。」

「如果他對她有興趣的話就算妳成天在一旁打轉也沒有用。」他忽然傾向前把頭靠在我的肩膀上，「而且，在她和學姊之間人家當然是支持學姊啊，迫不得已的話，要我去追她也沒有關係喔。」

「你又在說些什麼亂七八糟的話了。」

「人家是認真的喔。」他抬起頭用著相當誠懇的眼神凝望著我，「愛情對我來說就只是這種程度的東西，雖然，偶爾也會被這種程度的東西傷害，但我已經不是那個會被傷害的我了。」

我斂下眼，不去思考他話語之間含藏的隱喻。

「愛情對唯臻而言很重要，就算只是**點到為止**的愛情也會讓她受到傷害。」話才剛說完我就後悔了。

「我不在乎。」他揚起過於天真爛漫的燦笑，用著閃閃發亮的雙眼盯視著我，「假使她受到傷害，感到內疚難過的人也會是芹亞學姊，所以，人家一點也不在乎呢。」

——那麼你在乎的究竟是什麼呢？

任博淵又坐在我家客廳的沙發上，還喝著我準備當明天早餐的葡萄汁。

才踏進玄關拎著包包甚至連鑰匙都還握在手裡，但是這個男人，眼前這個男人居然已經在那裡，不、適當的詞彙是「這裡」，但無論如何縱使他比我早下班也不應該比我早出現在「我家」。

「你為什麼會在這裡？」

「來的時候剛好遇到柚子姊要出門，她就叫我在客廳等妳啦。」根本像挑釁一樣他又喝了一口葡萄汁，「一回家就看見心愛的男朋友等著一定很感動吧，但我不是為了要感動芹亞學姊，單純只是想跟自己的女朋友相親相愛的吃晚餐而已。」

「你的人生大概有九成都浪費在相親相愛這類贅詞上了。」把包包隨便放在椅子上，他拍了拍身邊的位置示意我坐下，當作沒看見挑了離他最遠的地方，「我不想跟你吃晚餐。」

「也好，省略掉這個步驟，那人家就直接吃掉妳囉……」

「你不要過來。」

「可是人家肚子餓嘛……」任博淵可憐兮兮的瞅著我，「不吃飯就只能吃掉芹亞學姊了，雖然這樣會更餓，不過暫時可以轉移注意力。」

警戒的盯著任博淵，無法理解，眼前這個男人已經演化到我徹底無法理解的程度了，更糟糕的是，我完全分辨不出他哪句話認真哪句話又是玩笑，儘管是相當荒謬的言論但因為是他所以沒有所謂的不可能，唯一能確定的只有無論是認真或者玩笑對我而言都是威脅。

「吃飯就吃飯，沒有前提也沒有後續，就只是吃飯。」

「當然就只是吃飯啊。」他露出曖昧的微笑，「難道芹亞學姊對我有什麼遐想嗎？」

……剛剛到底是誰說了一堆亂七八糟的話？

忍耐。無論如何先忍下來再說。

「你還不收東西嗎？」

「嗯？」他納悶的看了我一眼，是相當刻意的那種納悶，「親愛的女朋友不是要煮晚餐給我吃嗎？」

「我才……」

才說兩個字我就宣告放棄轉身往廚房走去，並不是我太過容易妥協也不是我沒有戰鬥欲望，但只要他扯開燦爛到刺眼的笑容就意味著他絕對不會讓步。沒有必要掙扎，掙扎只會讓這類變態玩興更烈。

「人家不接受泡麵這個選項喔，嗯、微波食品也不行。」

「我家有的就這兩樣。」

「不要。」他在距離我兩個跨步的位置停下，「我不吃對我皮膚不好的東西。」

忍耐。深呼吸。小不忍則亂大謀。我以意志力扯開微笑並且極力避免嘴角抽搐，盡可能以溫柔的口吻：「我知道了，那你可以先回客廳坐好嗎？」

「可是人家想幫忙。」

「不用，真的不用。」伸出右手固定住右邊嘴角，也不要去理會他越來越氾濫的「人家」，「很快就好了。」

「真可惜。」

好不容易盼到他轉身走回客廳，明明什麼也沒做卻像跑完一千公尺一樣疲倦，甩了甩頭打開冰箱把姑且能吃的材料拿出來，扣除微波食品、飲料和零食點心也就只有僅存的兩顆蛋、一條紅蘿蔔和放到忘記的高麗菜，幸好還有柚子昨天晚上不吃的便當飯。

哀怨的將紅蘿蔔切丁，看著完整的紅蘿蔔漸漸被切割成細塊莫名的讓人感傷，像是……

我的身體忽然僵住雙手凝結在動作的瞬間，好不容易才想起呼吸這件事卻也只敢像竊賊一般小心翼翼的偷取空氣，毫無預警地任博淵從身後環抱住我，壓低身體將頭靠上我的，但就連一個聲音也沒有落下。

我和他之間沒有聲音，只有呼吸。

儘管他時常像狗一樣靠在我肩上，然而除此之外我和他之間存在著切實的界線，他不會跨越我也不可能趨前，所以我不明白，一點也不明白這一刻的他，懷抱著我的他究竟存有什麼樣的心思。

忽然他鬆手後退如同他的貼靠一樣毫無預警。

「我先回去了。」

沒有解釋沒有多餘的說詞就只有這句話和離去的腳步聲，聽見門被闔起的聲響我的手才緩慢落下，我沒有移動，呆望著眼前散落在砧板上的橘紅色細塊，花了很長一段時間才意識到自己的手正在發顫。

我突然不知道，這樣下去究竟自己還能假裝多久。

□

夜裡的風依舊帶著悶熱感，提著裝有冰涼飲料的超市購物袋，輕輕貼靠在大腿邊緣低溫的反差透進身體，無聲地嘆了一口氣，任博淵的溫度彷彿還殘留在腰際，停下腳步我的思緒雜亂到即使企圖整理也不知該從何切入。

煩躁的在原地蹲下，抱著冰涼的飲料試圖使自己稍微清醒一些，沒有用，一點用也沒有，咬著唇我盯望著地面上的暈黃的光與幽黑的影以及散落的石子，我和任博淵之間的關係或許近似於眼前的光景，我是顯得微弱的光，他是顯得幽暗的影，靠得越近影子就越加深，我和他都明白這個事實卻硬是假裝彼此是地面上無關緊要的石子。

「妳還好嗎？」

抬起頭我看見男人站在我的身側，搖了搖頭逕自站起身，也是，晚上一個女人蹲在小路中間不是身體不舒服就是喝醉酒，儘管感謝男人的關心但現在的我任何的感情都不想承接也不願意承受。

「沒事。謝謝。」

低著頭我甚至沒有試圖看清男人的長相，然而才剛踏出步伐我又停下了動作。趙小姐。對方確實以試探的口吻這麼喊了我。

側過身花了好幾秒鐘我才得以辨認眼前的男人。

「啊、抱歉。」握著購物袋的手不自覺收緊，「沒有認出來是你。」

「沒關係，只是，妳真的沒事嗎？」

「嗯，沒事，我只是、只是在研究地上的螞蟻，覺得有點說不出口才想快點離開，所以沒有發現是你。」我揚了揚手中的購物袋，「我只是到附近的超市買點飲料。」

「我送妳回去吧，總感覺讓女孩子一個人走夜路有點危險。」

想要推辭但我的感情卻壓制住了理智，安靜的走在他的身邊，或者，是他走在我的身邊；大多時候我都分辨不出這兩者，因為是一樣的畫面所以不必多想，反覆的告訴自己卻無法否認那是兩個截然不同的敘述。

那個時候因為想逃避而一步一步往後退，只要看見他再度趨前我就退得更遠，忽然有一天我發現兩個人的距離就定格在某一點了，有很長一段時間我總會凝望著之間的空白，想像著那之中所有被抹去的可能，明明選擇後退的是我，卻像是什麼被強行奪去一樣的想像著，於是我開始說服自己，漸行漸遠和一方往後退的結果都是一樣的。

然而那從來就不會相同。

於是在往後的戀情裡，假使坦露了感情我就不會後退，不自覺望了身邊的男人一眼，輕輕嘆了口氣，這大概是無論如何我都不想被拆穿的理由。

只要不被看穿就不會在對方的生命之中留下些什麼。我是這麼想的。

「你怎麼會經過這條路呢？」為了中止混亂的思緒我打破了沉默，「我是說，以前從來沒在這附近見過你。」

「朋友住這附近，這幾天他到日本出差所以我來替他餵魚。」

「魚？」

「嗯、就只是一隻紅長尾琉金，但他說那是他的精神支柱，所以絕對不能有任何差池。」

「這樣啊。」我輕輕笑了出來，「生活裡有個精神支柱是很棒的事呢。」

「博淵是個可靠的男人，有他能依賴也是很讓人羨慕的事。」任博淵。停下腳步我將視線定在他的身上，他停下腳步轉身面對我，「怎麼了嗎？」

「如果你想要的話可以送你喔。雖然想這麼說但他不是我的，而且我也不確定他是不是可靠的男人。」重新拾起步伐，「任博淵是我大學學弟，有點麻煩的那種。」

「啊、抱歉，我以為……」

「不是你的問題，他正在玩男朋友遊戲的興頭上，還說什麼，有男朋友的女人比較有價值，所以比較容易得到自己想要的男人，完全無法理解他的思考邏輯。」

忽然他笑了。

「為什麼笑？」

「雖然說這樣的話有點不負責任，但總感覺這裡面沒有什麼邏輯，也許他只是希望男朋友遊戲能夠不再是遊戲。」

06

咬著唇我一動也不動的凝望著眼前這個燦笑著的男人，怎麼到這種程度我才明白，我和他的關係早已被扭曲成看不見原貌的樣態了，但是，即使是這麼近的距離看著這樣的事實卻依然無能為力。

不可能。

我想了三千六百遍不可能的事就是不可能，而且為什麼是許澤愷對我說那種話？

「這種事不好好做個了斷我的皮膚一定會變差。」

「妳又在自言自語什麼？」

「我要跟任博淵一決勝負。」

「是嘛。」柚子瞄了我一眼又將視線轉回雜誌上，「妳覺得我染金棕色好還是亞麻綠好？」

「妳到底有沒有聽見我剛剛說的話？」

「既然妳已經決定了就不需要我發表意見，再說，我的意見妳絕對不會喜歡。」柚子同情的瞄了我一眼，「雖然我跟任博淵稱不上熟，但我知妳甚詳，所以非常明白他是妳生命中不能承受之重，不要用鄙視的眼神來掩蓋妳聽不懂的窘境，改用兇狠的目光也沒有用，總之簡單的說，就是我賭一千塊妳會輸。不是他會贏，而是妳會輸。」

「妳這樣到底算不算朋友啊，不管妳預想的結果是什麼都應該站在我這邊吧。」

「嗯，我想妳一定是誤會什麼了，我們是室友不是朋友。」這女人，不只惡毒還非常殘忍，「所以，親愛的室友妳覺得金棕色還是亞麻綠比較適合我呢？」

我突然好佩服自己在如此險惡的環境之中還能完好的存活，方才高漲的士氣瞬間減了大半，無力的坐在沙發上望著好整以暇的柚子，粉紅色，非常隨便的回答，反正她也不是認真想得到意見，因為我也只是想得到哪個人的支持而當作說服自己跨前的力量。

猛然站起身，沒錯，每一個瞬間都存在著只有那一瞬間能夠去做的事，失去了這一瞬間也許連某部分的自己都會流逝而去，並不是所謂的起點，而是那裡存在著一個彷彿彈簧般的區塊，必須踩上才能夠真正到達想改變的那個地方。

「我去找任博淵。」

「回來順便幫我買優酪乳。」瞪著依然悠閒翻閱著雜誌的女人，如果她不是跆拳道老師而我又跑不贏她的話，我一定會把抱枕扔向她，「不要說我這個室友人不好，萬一走到半路後悔了就直接繞進超商，只要妳有買優酪乳回來我就會當作妳只是去買東西。」

「我才不會後悔。」

「那好，不過還是記得買優酪乳回來。」

停好機車站在任博淵住處外的巷子我才稍微清醒過來，腕錶上顯示的時間是十點四十三分，咬著唇我忽然不知道自己究竟想做些什麼又該做些什麼了，短短一個晚上發生的事多得我還來不及消化，或許是根本不想理解這一切。

任博淵的擁抱、許澤愷的聲音，以及我自身的混亂，想轉身離開卻又擔心一旦後退了也許我就找不到另一個瞬間能夠面對任博淵，我並不是害怕我的生活被攪亂，而是害怕攪亂我生活的人是任博淵。

深深呼吸，儘管台北一點也不適合深呼吸，我的體內依然得到了那麼一些舒緩，緩慢地往他的住處走去，不到三分鐘我就已經站在門前，按下門鈴之後我才想起，說不定他早已搬離，與記憶中逐漸貼合的這扇門卻沒有任何改變或者沒有改變的線索。

接著門被打開了。

「請問有什麼事嗎？」

拉開門的是個美麗的長髮女人，怔忪了幾秒我木然的搖了搖頭，或許是任博淵身邊的她，這個念頭以幾乎沒有時間差的劇烈方式竄進我的意識，然而下一秒鐘我努力將這個可能甩開，我想他已經搬走了，畢竟距離我記憶最近的時間點也已經超過兩年。

所以，她不是。所以，不是她。

「抱歉，我要找的人好像已經搬走了……」

「這樣啊。」長髮女人似乎沒有任何興趣，也不想和我有更多的接觸，始終握著門把的手正醞釀著闔起的動作。

「不好意思。」

我往後退了一步而女人也將門闔起了三分之一，忽然她的動作和我的動作同時定格在他出現的瞬間，女人轉過頭對身後的男人揚起柔媚的微笑，然而男人的雙眼卻對上我的。

也許我快個幾秒鐘轉身或者她早幾秒鐘將門闔上三個人就不會凝結在這一瞬間。也許。我的手不自覺握緊，與長髮女人無關，定格在這一個畫面之中無法逃脫的只有他以及我，也許，我又想了一次，在我和他之間不存在著任何的也許，又可能，所有的也許都被捨棄了。

但那不是他的選擇。而是**被選擇**。

「妳先進去，是我的朋友。」他的臉上沒有任何表情語氣也沒有足以辨識的波動，儘管對著女人說話雙眼卻沒有自我的身上移開。

「可是……」

「進去。」

於是女人用著不悅的表情瞄了我一眼，不情願的走進屋內，而他則走出屋內來到我面前。

接著，以不必說明就能清楚理解的姿態揚起演出般的燦爛笑容，那弧度裡每一處都寫著，即使沒有觀眾也必須表演，又或許，**正是沒有觀眾才不得不奮力演出。**

「芹亞學姊這麼晚來找我，啊、是夜裡感到寂寞所以飛奔過來我這裡吧。」

咬著唇我一動也不動的凝望著眼前這個燦笑著的男人，怎麼到這種程度我才明白，我和他的關係早已被扭曲成看不見原貌的樣態了，但是，即使是這麼近的距離看著這樣的事實卻依然無能為力，對不起，一旦這麼說所有的一切都會被撕毀吧，我沒有力氣表演，也沒有辦法發出聲音，什麼也不能做，也、什麼都做不了。

安靜的、緩慢的，眼淚就這麼掉了下來。我的。

——對不起。

「學姊怎麼哭了呢？」他以無辜的神情凝望著我，跨過兩個人之間殘存的空白，伸出手輕輕拭去我頰邊的水痕，「是因為在我家看見其他女人嗎？不用擔心，因為我一點也不認真，只是人都會有無聊或者寂寞的時候，最快的方法就是找另一個人填補身邊的空缺，就只是這樣喔，如果芹亞學姊不開心的話，要我立刻把她趕出去我也不會有任何猶豫，因為，所謂的愛情說到底不過就只是一種自我滿足而已。」

他說。輕、輕、的、說。

「但是人並不會滿足，為了自我滿足而捏造出來的愛情最後卻也因為無法滿足而被乾脆的捨棄，那麼，為什麼這世界上還需要愛情呢？」

——不是這樣的。

愛情不是這樣。你也、不是，不是這樣的你。

「……就到這裡為止吧。」

忽然他將我擁入懷中，以一種絕對與強硬包覆著我，他用著溫柔到讓人胸口泛疼的口吻在我耳際說著：「就到這裡了，真的，不管是屋子裡的女人還是其他女人，都不會再有以後了。」

「任博淵我拜託你不要這樣……」

「趙芹亞。」他收緊了懷抱著我的雙手，「在我能夠鬆手之前，妳唯一能做的就是站在這裡。」

□

按下刪除鍵，這已經是這個上午我輸入的第二十三個錯誤，把桌上的黑咖啡一口氣喝完，儘管明白不是失眠的緣故，但也只能盡可能的彌補。

彌補。

昨夜任博淵不發一語的將我送回家，儘管我一直想對他說我的機車還停在他家樓下，大概他也知道這一點，但我除了拚命思考明天要怎麼把車騎回來之外，其他的事都被以更拚命的方式甩出意識。

但我還是記得買柚子要的優酪乳。

下車之後把安全帽還給他接著我就往反方向走，他依舊沉默的跟在我身後，無論怎麼想這樣的畫面不是荒謬就是可笑，單純得彷彿兩個吵完架想要和好卻又找不到方法的小學生，卻又複雜得連對方的心思都猜測不到。

我們和好然後重新開始吧。不知道從什麼時候開始我們已經沒辦法以如此簡單的方式輕鬆解決問題，彷彿迂迴是附加在成長之上的厚度，他們說這是為了保護自己，然而卻在試圖保護自己的同時也阻隔了想靠近的人。

「都已經午休時間了妳還對著螢幕在發什麼呆？」

「啊。」抬起頭唯臻依舊帶著愉快的笑臉站在我面前，她總是這麼笑著，彷彿這個世界處處都洋溢著美好，偶爾會因為她的笑而感到放鬆，但也會有那種感到厭煩的偶爾，「我沒注意到。昨天沒睡好中午想趴著休息，不能陪妳吃午餐了。」

「和任先生吵架了嗎？」我的身體忽然有些僵硬，還沒反駁唯臻就拉起我的手，「任先生傳簡訊給我，他說昨天不小心惹妳生氣了，所以拜託我一定要帶妳過去，如果我沒成功的話他可能就會克制不住的跑過來，任先生真的很擔心的樣子，有什麼事情乾脆的說明白就能解決了。」

但人生有很多事根本沒有辦法乾脆的攤開。

隱微的嘆了一口氣，任博淵的話裡依舊帶著威脅，他知道我討厭被捲入辦公室的流言蜚語，這些日子頻繁的共進午餐已經惹來他人的探問，儘管每次都以微妙的話語滑過邊緣，然而一旦他再靠近一步，群眾的喧囂就可能蓋過當前的平靜。

我和任博淵都以微妙而稍稍讓人感到不適的姿態站在平衡的末端，只要哪一端稍微施力便會讓整個連接晃動，細微而確實的，即使這兩年我和他的生活幾乎錯開，但他就在這裡，隔著兩層樓看不見彼此但他確實在這裡，極為稀少的那種偶爾和他擦身而過任博淵總是用著看不穿真心的絢爛笑容說著不帶真心的話語，我和他之間彷彿就只是偶然認識的關係，這些年我一直如此反覆告訴自己，然而身體內部卻消弭不掉那道微弱的聲音，說著，因為不知道怎麼辦才好所以只能拚命假裝那裡什麼都沒有。

站起身被唯臻拉著往前走，員工餐廳比我想像的還要近，大多時候我和唯臻不會在這裡午餐，起初是不想被完全捲入她的小宇宙，之後是任博淵的存在過於招搖，我的腳步顯得有些遲疑，還來不及打住就已經踏進他的視野。

他揚起無懈可擊的弧度，唯臻把我推到他的面前丟下「忘記拿錢包我回辦公室拿」就轉身跑走，嘆了一口氣，無論如何我都沒有脫逃的可能。

「你又想做什麼？」

「輸誠。」

「你的身體裡根本沒有『誠』這種成分。」

「芹亞學姊又沒看過我的身體怎麼會知道。」他彎下身傾向我，「不是表示誠心，是投降。」

有詐。我警戒的盯著他。

「不要用這種眼神看著人家嘛，這樣我會難過。」他眨了眨像小狗般的黑亮雙眼，明知道絕對是幻覺但我還是覺得他身後有尾巴在搖，「我不喜歡妳哭。」

——我不喜歡妳哭。所以就算是假裝妳也就只能一直對著我笑。

「我肚子很餓你不能乾脆一點的說話嗎？」

「也好。」

他拉直身子抬起手向哪個人揮了揮手，順著他的視線我看見逐漸走近的許澤愷以及更後方為了證明她確實回去拿錢包而刻意晃了晃錢包的唯臻，我忽然有種非常糟糕的預感，猛然將口水嚥下，試圖後退的瞬間卻被任博淵精準的抓住。

「你想做什麼？」

「現在是妳的選擇時間，那個男人，妳想要還是不想要？」

「你不要鬧了。」

「人生中的重大選擇通常沒有給人相對應的思考時間，往往影響越大的選擇決定時間就越短暫，妳有的，就是在他們站定之前的這段時間。」

「放開我。」

「妳還有三秒鐘。」

「任博淵。」

「既然妳不願意選擇，那麼就成為被選擇的人吧。」

我看見許澤愷的微笑裡帶著一絲不明白現況的尷尬，任博淵用力到讓人感到疼痛，他始終掛著如陽光一般的燦笑，和那一瞬間一模一樣的燦爛笑容，我不喜歡他這麼笑，他知道，所以他總是這麼對著我笑。

唯臻停下腳步的瞬間，我只能緊緊的盯望著眼前的這個男人。

「芹亞你們怎麼還站在這裡呢？」

「我……」

「其實我和芹亞學姊並不是男女朋友，」唯臻不解的來回看著我和他，任博淵稍微斂下笑容並掛上適當的歉意，「我知道妳們說要好一起告白，但芹亞學姊好像沒有辦法坦露自己的感情，所以拜託我幫忙，雖然說好只要拒絕她的告白一切就會落幕，但那是我一直期盼的光景，即使違背約定、即使只是謊言我依然厚顏無恥的賴在她身邊，天真的以為只要擁有了靠近的機會，就會有貼近的可能，只是，就是站得那麼近才讓我更加明白，我的感情終究只是一種奢望。」

他說。用著溫柔無比卻割人的目光深深凝望著我。

「我知道，感情勉強不來，至少我能做一點不切實際的夢，假裝自己真的是芹亞學姊的男朋友，假裝，我們真的、相愛。」唯臻的雙眼泛起淚光，但這不是告白，只是鋪陳，扯著我的手越來越緊繃施力大得讓人感到愈加疼痛，「但是，我無法忍受的並不是芹亞學姊不愛我，而是她不能去愛的現實。」

「任博淵！」

他不顧我的低喊將雙眼轉向唯臻：「因為，她不願意傷害自己的朋友。」

「傷害……」唯臻瞪大雙眼緊緊盯著我，「我嗎？」

從、這、裡、才、算、是、真、正、的、開、始。

——究竟所謂的傷害是什麼呢？

「芹亞學姊真正喜歡的人，是許澤愷。」

那一瞬間，寒冷得逼近凍結的瞬間，晶瑩透明的淚滴從唯臻的雙眼滴落，四周是嘈雜的，然而我聽不見任何聲音，最後，某些什麼在我意識之中摔碎一片。

07

他斂下笑容收起所有表情，這是我第一次看見沒有任何表情的他，一時間我忘記掙脫也忘記動作就只是凝望著他，越來越近的他，近到真的貼上我雙唇我還反應不過來。

那個夏天，趙芹亞還是起初的趙芹亞，任博淵也還是起初的任博淵……

仔細將色紙摺成紙鶴，我已經分不清這是第十九隻還是第二十三隻，數量不是重點，而是必須塞滿眼前三大罐的玻璃瓶。

把剛摺好的黃色紙鶴扔進玻璃瓶，比三分之一多一些，望了一眼掛鐘，某人明明說過三點會過來，但現在已經比三點多了三十二分鐘社團教室還是只有我一個人；說到底，起先社長是希望兩個人認領一罐玻璃瓶，偏偏某人愉快的說他有很會摺紙鶴的朋友所以通通交給他沒問題，那時候我也以為他真是個貼心的孩子，知道老人家手拙而乾脆尋求外部支援。

天知道他說的「朋友」就是我這個老人家。

「到底你為什麼要攬下來，就算要我幫你摺，一大罐也夠多了。」

「因為那時候每個人都散發著『我不想』的氛圍，再說，這樣會有更多人力支援其他部分啊。」

「你看到的『每個人』也包含我吧。」某人相當乾脆的忽略我說的話，並且啟動可憐拉不拉多模式在我肩上磨蹭，「人家想跟芹亞學姊一起摺紙鶴嘛，而且學姊這麼嬌弱，坐在桌前做做簡單的手工才不會太勞累啊。」

「那為什麼不乾脆說你跟我一起做就好？這樣我的付出就沒有人知道了啊。」

「萬一那個奇怪的學長跑來說要幫忙呢？」他露出曖昧的微笑，「還是……」

「算了，先說好，一人一半，是一、人、一、半。」

「嗯。」

真不曉得當初他那麼用力點頭為什麼脖子沒有扭到，這個騙子，把藍色紙鶴扔進去，只是相處久了我越來越感覺有問題的是我，一開始不知道被耍得團團轉也罷，但知道他頑劣本性之後還是一直掉進他的陷阱，說不定莫名其妙的其實是我。

門忽然被推開，沒有意外走進來的某人一點愧疚的神情也沒有，還以居高臨下的姿態檢視我的工作進度，似乎是感到滿意於是讚賞的摸了摸我的頭，無法理解，愣愣的望著泰然入座的他，我的手居然還能流暢的繼續摺紙鶴。

「芹亞學姊比我想像的還要能幹呢。」

「你知不知道你遲到多久了？你知不知道你是學弟我是學姊？你知不知道一個人默默在社團教室摺紙鶴很像恐怖片的前奏？」

「就是遲到了妳才會一直想我啊。」不知道從什麼時候開始，他私下對我說的話就越來越亂七八糟了，他看了一眼時間，「這四十一分鐘裡，芹亞學姊必定是分分秒秒都想著我吧，一想到這點，人家的心臟就撲通撲通的跳呢。」

「就算你的腦袋裡什麼都不裝心臟也會撲通撲通的跳。」

他隨意拿起一張粉紅色色紙，正想著他的良心還剩下那麼一點，但他越摺跟紙鶴離越遠，最後完成一顆愛心還推到我面前。

「人家把心都送給芹亞學姊了呢。」

「我不要你的心，我要紙鶴。」

「真是無情。」

接著他摺起飛機摺起青蛙甚至摺起高階的熊貓就是不摺紙鶴，他是故意的，所以我很乾脆的放棄兩個人一起工作的盼望，專心摺著突然覺得太過安靜了一些，抬起頭卻迎上他的目光，他雙手托著下巴凝望著我，即使對上我的雙眼也沒有移開還揚起愉悅的笑容。

低下頭摺紙鶴的動作加快了些，我的臉似乎有點熱，心臟跳得也有點快，不、不是，被長得好看的男人直視這是正常反應，何況某人又長得比好看還要好看一點。

「熱嗎？」他的聲音裡混著濃濃的蓄意，「芹亞學姊的臉好紅喔。」

「我沒……」

還來不及說完話他的雙手就貼上我的臉頰，冰冰涼涼的，但我想是因為我的雙頰過於灼燙，想拉開他的手但他輕輕的搖頭用著具有絕對威脅性的眼神，隔著一張課桌，這樣的距離彷彿很近又彷彿很遠，我不知道，意識裡像被一堆東西給塞滿又像是什麼東西也沒有。

不知道過了多久他終於收回雙手，沒有更進一步的戲弄也沒有替我找台階，就只是讓那段長長的曖昧恣意蔓延，他揚著愉悅的弧度，終於開始摺起漂亮的紙鶴。

有些微妙又詭異的什麼滲透進我的生活，這跟某人脫不了關係。

為了釐清那究竟是些什麼，我比平常更加注意他的一舉一動，儘管盡可能的掩飾但他仍舊輕易的發現，我發現了喔，釋放著這樣的訊息卻沒有採取更多的動作，反而以更加張揚的方式在我面前活動，例如趁其他人沒看見的時候傳來油膩膩的飛吻，或是擦身而過的時候拋來可怕的媚眼，雖然不願意承認但我似乎成為他的娛樂。

我明明就是學姊。

「芹亞學姊這陣子以熱切的目光緊緊跟隨著我，有得到什麼值得發表的結論嗎？」

「你果然是個變態。」

「嗯、這不能算是新發現，還有其他的嗎？」

「而且還是一個滿意自己變態身分的變態。」

「稍微進階一點了，不過，真是令人意外我們家芹亞學姊的觀察力低落到我無法想像的程度吶。」

他從他的位置上移到我的位置上，就算他很瘦我也不胖但兩個人硬要擠同一張椅子根本是黏在一起，但我才稍微起身就被他圈抱住，掙扎一陣子我忽然意識到這樣的動作有多麼曖昧甚至已經超越曖昧，我的身體又開始發燙，但某人還是像一隻拉不拉多一樣，我想，他只是單純在嬉鬧，沒有思考到異性這一點，但在不久之前他對我而言也只是學弟，充其量是和我感情很好的學弟，但這一瞬間他突然移動到男人的向度。

男人。而不只是學弟。

忽然他抬起頭，以幾乎貼上我的距離扯開燦爛的微笑，我的心臟不是撲通撲通的跳，而是差點忘記跳，我應該建議法律系的朋友，假使當上立委務必新增一條「長得好看的生物不許近距離貼近他人」，至於原因，大概就是會讓對方的心臟罷工。

伸出手用力把他的臉推開，猛然站起身往後退一大步。

「我要去打工了。」

「芹亞學姊好粗魯。」他嘟起嘴一臉無辜，摸了摸自己的嘴唇，「人家的嘴唇好痛，學姊是不是該啾一個安慰一下受傷的學弟？」

這個人應該立刻被關進監獄裡。

「不要靠近我。」

「芹亞學姊的臉好紅喔。」他一步一步逼近，我的背突然被冰涼的牆壁抵住，他站在我的面前，伸出右手抵住牆壁將我困在中間，「這種場景跟姿勢人家一直想試一次，依照電影情節，這時候我應該要低頭給芹亞學姊一個吻，那學姊喜歡溫柔浪漫的，還是強烈帶點悲劇色彩的吻呢？」

「你、你……」呼吸，要記得呼吸，「你不要鬧了。」

「芹亞學姊都一直覺得我在開玩笑，可是人家是認真的喔。」

他斂下笑容收起所有表情，這是我第一次看見沒有任何表情的他，一時間我忘記掙脫也忘記動作就只是凝望著他，越來越近的他，近到真的貼上我雙唇我還反應不過來。

非常短暫。短暫到我幾乎以為那是想像。

「芹亞學姊一點反應也沒有我好傷心，看來不夠激烈，再來一次好了……」

猛然推開他不可置信的摀著唇，眨了好幾次眼但還是只能眨眼，「你、你、你……」

「原來學姊喜歡瓊瑤劇路線，下次我會改進的。」

下次？

「你、你到底想做什麼？」

「都到這種程度了學姊還不明白的話，嗯、那就真的是智商的問題了。」

於是我開始懷疑自己的智商。

我不懂，完全不懂，他一向喜歡捉弄我，但那也太過火了一點，又要我明白，到底要明白什麼，難不成想用玩笑般的吻來暗示他的感情？

——感情。

喝到一半的葡萄汁差點噴了出來，不、不是，絕對不是，這一切都是我在幻想，他不過把我視為娛樂，跟感情一點關係也沒有。沒有。

然而我卻開始動搖。

「任博淵，你應該不會喜歡我吧？」

「如果我說我應該會呢？」

「那你一定是在開玩笑。一定是。」

他搖了搖頭，勾起意味深長的微笑，我以為他會接著說些什麼卻突然聊起了學校側門新開的麵包店，這讓我更加混淆了，他的話語他的動作對我而言總是似真似假，他過於擅長偽裝，儘管我以為我有些了解他，那也只能稍微看穿他在他人面前的姿態，然而真正站在我面前的這個人，卻讓我感覺自己從來沒有明白過他。

「我們去約會吧。明天。」

最後一口葡萄汁終究還是噴了出來，瞪了愉快笑著的任博淵，他伸出手輕輕拭去我嘴邊的液體，愣了幾秒鐘我的身體又逐漸發燙，拉了張面紙胡亂的擦著桌面擦著衣服，這些日子他愈發喜歡從事撩撥人心的動作，我卻無法處之泰然。

「我明天很忙，後天也很忙，接下來的一百天都很忙。」

「是嗎？」他眨了眨眼，有一下沒一下的扯著我的髮尾，「人家昨天跟柚子姊姊確認過了呢，她說妳明天很閒，後天也很閒。」

柚子這個叛徒。

「我不要。」

「嗯……」他以非常討人厭的聲調拉長音，稍微用力扯了我的髮尾我整個人跟著往前傾，又是十公分不到的距離。「人家肚子餓了。」

這是什麼意思？

任博淵乾脆的鬆開手，摸了摸我的頭丟下「再見」就逕自離開，莫名其妙，不可理喻，無法理解。亂七八糟。

算了，反正他也只是一時興起。

「趙、芹、亞。」

才剛打開菠蘿麵包的包裝連咬都還沒我就聽見讓人毛骨悚然的爽朗呼喊，九點，我甩了甩頭當作沒聽見就好，就連柚子想靠近窗邊也被我緊緊抱住。

「是任博淵吧。」

「妳什麼都沒聽見，不、妳根本還沒醒，快點回去再睡個兩小時。」

「如果妳五分鐘內不下樓的話，就算妳不想承認我也會讓全世界都知道我們的關係。」

不讓柚子有探問的機會我立刻衝到窗邊拉開窗簾，果然看見一個帥氣爽朗的變態愉快的對我揮手，「我跟你一點關係也沒有，快點回去。」

他沒有說話，只是輕輕將右手食指放在嘴唇上，我無法清楚辨識他的表情但看不清楚反而更好，反正除了威脅的燦爛笑容之外也就只可能是威脅的眨眼再不然就是威脅的無辜表情，一口氣吸足氧氣，一口不夠再一口，沒關係走到樓下只要兩分鐘所以我還有三分鐘可以呼吸，最後我終於抓起手機鑰匙無奈的離開客廳。

「芹亞學姊真乖。」

一拉開門就看見他爽朗的微笑，我已經沒有驚訝或者驚嚇的力氣了，他朝著我身後的柚子揮了揮手，拉起我的手彷彿郊遊一般的氣氛往外走。

「你到底想做什麼？」

「約會啊。」

「約會是一個女人和一個男人，不對，是兩個相互喜歡的人從事的活動，雖然我是人沒錯但重點你是狗，所以構不成約會的要素。」

「真開心。」開心什麼？除了變態之外還樂於當狗嗎？「雖然否認我是人但是妳沒有否認相互喜歡這件事，為了芹亞學姊人家當狗也可以喔。」

這傢伙有當小狼犬的潛力。

「我對狗沒有興趣。」

「那為什麼會臉紅呢？」任博淵停下步伐的瞬間我才意識到自己的手一直被他握著，「現在也是。」

但是我沒有掙脫他的手，而是假裝沒注意到這件事。

到底是為什麼呢？

「因為很熱。」

「那我們去游泳吧。」

「哼哼，不好意思因為某人逼迫我出門所以我身上除了手機錢包之外什麼都沒帶，更別說泳衣這種東西了。」

「沒關係，我替妳帶了。」

「什麼？」

「昨天已經拜託柚子姊姊幫妳從衣櫃裡找出來了，現在就在我的背包裡。」

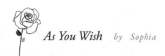

「你這個變態。」

他忽然扯開孩子氣的愉快笑容，那一瞬間，我感到有些眩目，分不清燦爛的究竟是透過他灑落的日光或是他的微笑。

我的心臟，有那麼一點悶滯。

我的意識，有那麼一點恍惚。

「因為人家想看芹亞學姊穿泳衣的樣子嘛。」他說，「芹亞學姊的每種模樣我都想知道。」

瞬間，以交握的掌心作為起點某些什麼開始瘋狂的蔓延，我終於明白，眼前這個人試圖讓我明白什麼了。

08

在曖昧之中我們看見了許多可能，恣意加諸自身的想像，因而曖昧成為記憶之中使人最牽掛的部分；然而想像一旦偏離了美好的路徑，便會在幽微之處無限膨脹，不被證實的部分，還沒被證實的部分，反覆的想像著彷彿成為那即將被證實的部分。

那個冬天，趙芹亞的選擇以及，任博淵的被選擇……

對於自身的感情與任博淵的感情我總是在裝傻，但他不在意，我和他之間瀰漫著濃烈的曖昧，不必用力呼吸都能嗅聞到空氣中殘留的他的氣味，他並沒有宣揚，這是他的體貼；然而他確實以緩慢的速度逐步趨近，輕輕觸碰著我的頭，拉著我的手，或者以不經意的「失誤」在我頰上留下短暫的吻，更多的偶爾，他讓我看見更多的他的自身。

「讓我親一下我就告訴妳我喜歡的到底是牛肝菌燉飯還是帆立貝炊飯。」

「我不想知道。」

但他還是湊過來用唇碰了一下我的左頰。瞪了他一眼，忽略到自己逐漸發燙的現實，他非常愉快的笑著。

「我喜歡火腿炒飯。」

真是莫名其妙。然而我似乎有那麼一點明白他了。

於是我和他也稍微靠近了一些，然而過於靠近或許就開始成為他人眼中不尋常的光景，縱使我極力的假裝並且故作淡然，流言蜚語仍舊鑽過任何可能的縫隙刺入我肌膚的孔隙。

社團裡的人開始有意無意的鼓譟，起初也許是玩笑，我想，幾乎每一個人都未曾當真，總會有人即使貼靠在一起也不會被歸類在一起，我沒有到達他們所認定「適合任博淵」的界線；然而任博淵從來沒有反駁，只是掛著淺淺的微笑，日子久了就會被擱置在一旁，我是這麼想的。但現實並沒有順著想像前進。

「學姊，妳該不會真的跟任博淵在一起吧。」

「為什麼突然這樣問？」

「雖然一開始覺得只是其他人在起鬨，但以前別人也有過，任博淵還是會有意無意的否認，副社長說，總感覺越來越像真的……」

「我們就只是稍微熟一點而已，」斂下眼我假裝自己忙著整理桌面，「因為很多工作都被分配在一起。」

「也是。」對方以滿不在乎的口吻隨口說著，「想也知道不可能，像任博淵那種人怎麼會喜歡我們這麼普通的人，而且學姊就更不可能了，不要誤會，不是說學姊不好，但男孩子不是多多少少會在乎年紀什麼的，雖然差了一個年級但差了兩歲對吧，感覺不多但挺讓人在意的。」

我咬著唇發不出任何聲音，我從來沒有思考過這一點，對我而言任博淵就只是任博淵，所謂的條件或者年紀我絲毫沒有考慮過；然而偶然的話語在我尚未察覺之際就悄悄侵蝕我的內心，我不夠堅強，也還沒愛到不可自拔，但讓我的內心劇烈動搖的其實是，我從來沒確定過。

曖昧的核心正是那份不被確定。

在曖昧之中我們看見了許多可能，恣意加諸自身的想像，因而曖昧成為記憶之中使人最牽掛的部分；然而想像一旦偏離了美好的路徑，便會在幽微之處無限膨脹，不被證實的部分，還沒被證實的部分，反覆的想像著彷彿成為那即將被證實的部分。

於是讓人開始想逃。

細微的尷尬滲進我和任博淵之間，凝望著一如既往的他的微笑，太過美好的微笑，讓我越來越懷疑自己究竟有沒有資格擁有這份美好。

「最近芹亞學姊好像有點憂鬱，是因為期中考比較少見到我所以傷心嗎？」

「才沒有。」

他將手伸向我的右頰，卻在觸碰到的瞬間我不自覺地後退，儘管他旋即揚起笑容彷彿若無其事的收回手，然而我和他都清楚的感受到那凍結的零點一秒。

我和他，或許正是從這一點開始岔開。

「我肚子餓了，我們去吃飯吧。」

他站起身，卻沒有如往常一般拉起我的手，很久以後我才明白，真正的傷害從來就不需要刻意也無需漫長的折磨，**僅僅那一瞬之間**，或許正是那一瞬之間，傷害已經如同利刃以無法挽回的方式刺進最深處，特別是無心，因為對方的無心，迫使我們連疼痛也不得叫喊。

發不出聲音的，總是最疼的裂口。

「任博淵……」

他站在門前等著我，有幾度我想扯住他的手，卻總是在動作的端點耳畔又想起那不該被在意的話語，凝望著他掛著微笑拚命說著話的側臉，這是我第一次，也是唯一一次看見他如此拙劣的假裝。

真正的變質並不是她的出現，她不過只是讓變質的關係成為一種不容忽視的現實。我一直是這麼想的。

期中考結束之後偶爾會出現一兩個中途入社的人，她就是那樣的偶爾，然而卻不是偶然。

她是為了任博淵而加入社團的。耳語從某處開始蔓延，蓋過了起初關於我和他的什麼，或許那不過是如此輕易便能掩蓋的東西，他依然站在我身邊，然而對於那樣的畫面我總是撇開眼假裝沒有看見，直到很久之後我依然極力忽略記憶之中的畫面，我是自私而殘忍的，想著，我和他之間並沒有任何的確認，也就無需任何的解釋。

「聽說芹亞學姊跟任博淵感情很好……」

這是我和她之間的第一句話。她走近我，帶著蓄意帶著試探也帶著她自身的感情，我沒有仔細看她而是將視線落在任何一個可能的位置，儘管如此她的臉龐依然烙印在我的意識中，這樣的女孩，或許正是那種「適合」任博淵的類型。

「也沒有特別好。」

「其實，」我並不想聽她說任何話，無論是關於她自身或是關於任博淵，那與我無關，至少我希望那與我無關，「我是為了他才加入這個社團的，當然我本來就對社團有興趣，但如果不是有他，我想我不會那麼積極想參與課外活動。」

不要對我說這些。我一點也不想知道。

離我遠一點。

我咬著唇，逼迫自己扯開嘴角，「是嗎。」

「所以、所以我想知道，學姊是不是喜歡任博淵？」

這跟妳一點關係也沒有。

我沒有義務回答妳的任何問題。沒有。

「我知道這個問題很唐突，我也沒有想要強迫學姊回答我的意思，但是，但是我真的很喜歡他，所以就算是強人所難的問題，我也沒辦法忍住不問。」

——走開。

「既然任博淵喊我學姊，那我就只是他的學姊而已。」

「真的嗎？」

不要用那種雀躍的表情看我。

「我下午還有課。」

拿起背包和擺放在桌上的課本，我想離開這裡，但才剛轉身社辦的門就被拉開，任博淵看了我一眼還來不及揚起微笑我就快步走出社辦，不要回頭，拚命告訴自己，但縱使不回頭也還是能清楚聽見她甜膩的嗓音。

「下午沒有課嗎？」

「嗯。」

「那可以陪我去買材料嗎？昨天答應組長，可是……」

我加快腳步，不想聽見任博淵的回答，無論是什麼我都不想聽見，我的雙眼有些痠澀，我不明白，也不想明白，我從來就不想明白這世界上所謂的適合以及不適合，我以為我能夠不在乎，曾經這麼以為；然而當能夠被擺放在「適合」位置的人出現，自己彷彿被迫注視著身上黏貼的「不適合」。
這世界上任何的什麼都能夠被跨越，但我並不是那個能夠跨越所有什麼的人。
於是我開始閃避任博淵。
他凝望我的眼神中添了一種複雜，有隱微的哀傷，有幾不可見的刺痛，然而他依舊假裝我和他什麼都沒有改變，帶著燦爛的微笑站在我的面前，但越是努力的揚起微笑越是被無法忽略變質的現狀，他不再牽起我的手，也不再刻意的碰觸，或許是害怕我的拒絕又或許是留給我一段適當的距離，只要我若無其事的往前一步，也許是牽起他的手，也許是輕鬆的微笑，那些懸宕的什麼都能夠被乾脆的丟棄；即使明白這一點，我依然動彈不得。
他努力假裝我和他之間沒有改變，而我、開始努力假裝我和他之間什麼都沒有。
我和任博淵的拉扯隨著時間的流逝愈加不可解，他執拗的站在我的面前，彷彿看穿我的心思一般，他知道，一旦我轉身奔逃他就有了拉住我的理由，一旦我試圖將他推開他就能夠投擲出他的感情，因此他什麼也不做，而我什麼也不能做。

直到他帶著一朵鮮豔的紅色玫瑰出現在門外。那是我畢業前一天。

「這麼晚了，為什麼突然來這裡？」

「恭喜妳畢業。」他淡淡的笑了，和慣常的他截然不同，忽然我感覺到隱約的痛楚，張望著陷入微弱光影之中的他，差一點，就差那麼一點我幾乎想伸手擁抱他，「雖然不想這麼說，但也許，這樣妳就能合理的離開了。」

他將異常鮮豔的玫瑰放進我的手中，色彩是失真的，但那瞬間那抹鮮豔彷彿血一般在我手中綻放開來，像他的血。

「我喝了酒，雖然只有一口，但就算只有一口也能把所有的話語都推給酒精，這樣就不必費心去找尋藉口。」我和他隔著一步的距離，我在門內而他在門外，無論我和他的距離有多麼貼近，我始終沒有讓他進門，而他始終站在門外，「人生中充滿選擇以及被選擇，我之所以往前跨一步是為了成為選擇的人，也為了不成為只能被選擇的人。但是，無論多麼不願意也還是必須承認，這世界上還是有太多不管我多麼拚命也得不到選擇權的事。」

「或者是，主動將選擇權交到另一個人手中的事。」

我斂下眼，不敢直視佈滿他臉龐的哀傷與無奈，卻不得不看見手中緊緊攥住的鮮紅。

「我不想傷害任何人……」

「究竟所謂的傷害是什麼呢？」他輕輕的笑了，我的雙眼承載不住氤氳的重量，晶瑩的水珠滴落在玫瑰之上，緩慢的滑入層層疊疊的花瓣之中，「我沒有要逼妳給我答案，也可能只是我不想聽見答案，又可能這世界上根本不存在著答案，不管是哪一種可能，其實都無關緊要了，反正到處是只有問號而沒有解答的問題。」

「任博淵……」

「芹亞。」緩慢地抬起手用指腹拭去我頰邊殘留的水痕，極其溫柔的，「我不喜歡妳哭。所以就算是假裝妳也就只能一直對著我笑，只有這樣我才能告訴自己，只要扯開笑容就好，只要、能夠燦爛的笑著，就能當作其實什麼都沒有發生過。」

凝望著這樣的任博淵，我突然明白自己有多麼殘忍，最折磨一個人的並不是逃離他的感情並非拒絕，而是以若無其事的姿態行走在他的面前，彷彿他的感情未曾存在。

我不只否認了自己的感情，也否認了他的愛。

但是我連對不起都說不出口。

因為我假裝他的愛從來就不存在，從那一點開始，所有的一切就不得不被假裝。

我的淚水彷彿是被哪個人旋開了水閥，模糊之中我所看見的他，以及在模糊之中我所看不見的他，沒有刺的玫瑰依然深深陷入我的掌心，發不出任何聲音，夜靜得幾乎讓人以為我和他會永遠定格在這疼痛的瞬間。

他將我輕輕擁入懷中，沒有戲謔沒有隱喻也沒有解釋，我並不是不想擁有他的愛，而是沒有足夠的勇氣去擁有他的愛。

「明天，我會去參加畢業典禮。」他說，我感覺他溫熱的淚水滴在我的頸邊，「妳記得，跟我說再見。」

其實我一點也記不得整場典禮出現了誰而誰又說了什麼，中途跟著同學溜出了會場，想找個安靜的地方等著典禮結束卻先看見倚著窗凝望著天空的任博淵。

遲疑了幾秒鐘我還是朝他走了過去。

「社團下午有送舊活動，為什麼這麼早來？」

「我不會去。」他淺淺的扯開嘴角，「我想妳也不會想去。」

我低下頭，突然不知道該說些什麼才好，兩個人之間瀰漫著說不出口的重量，好不容易才擠出一點聲音卻被他打斷：「我——」

「就從這裡開始吧。」

……開始？

我抬起眼看見他的嘴角逐漸勾起一抹燦爛，太過燦爛的弧度，刺眼得讓人眼眶泛疼，不要這樣笑，拜託你不要這樣逼迫著自己笑，然而我卻什麼也說不出口。

他將手中鑲滿巧克力的花束交給我，接著以爽朗得讓人刻骨銘心的語調說著：「吃完之後就可以丟掉，一點也不佔空間，人家是不是很貼心啊？」

丟掉。可以被。丟掉。

接過花束我卻說不出謝謝。我斂下眼，拚命的告訴自己不能哭。任博淵他，非常努力，非常非常的努力著。

「真可惜人家今天沒辦法送芹亞學姊回家，」他過於誇張的語調裡摻雜著難以察覺的顫抖，「回家的路上要小心喔，還有，巧克力要自己吃掉，就連柚子姊姊也不能分給她喔。」

妳必須，一顆一顆的吞嚥下。

妳所捨棄的我的愛。

「嗯。」我輕輕的點頭，「你……你回家也小心。」

我斂下眼，用盡所有力氣終於得以轉身，好不容易踏前一步，我聽見他的聲音，一個字一個字嵌進我的胸口。

「如果妳回頭的話，就會看見我……」他說，以我未曾明白的卑微口吻，「但是只有現在，現在，一旦妳繼續往前走了，不管多麼困難，妳都必須頭也不回的繼續走向前，不要讓我看見妳的留戀，因為我要的，並不是這些。」

我的淚到底還是落下了。

然而我已經耗費了所有的氣力在轉身的動作之上，我沒有更多的力氣能夠回頭，所以我還是往前走了，非常緩慢非常緩慢但還是往前走了，我知道，你就在我身後，但是，我總有一天會說服自己那裡沒有你。
也沒有我自己。

09

感情並不是誰跑得比較快就能得到對方的目光與愛情，縱使跑到了對方身邊但仍舊無法抵達，他的雙眼依然膠著在緩慢走來的她身上，不願意承認也不願意被承認的是，終點線並不是在他身上，而是在她的手中。

我不明白任博淵在想什麼，即使他就坐在我面前我依然不會懂。

整整一個星期唯臻沒有出現在我的面前，偶然碰見她也會在真正擦身之前轉向另一邊，但這樣也好，暫時我還不知道能跟她說些什麼；我和許澤愷之間也多了尷尬，但他比我所以為的更加成熟，至少是四個人之中最成熟的一個。

「老實說我也有點不知所措，甚至有種都是自己造成的感覺，也覺得自己不是很適合說這些話，但我想，既然妳會為了謝小姐這樣做，大概是很重視她，她應該也明白所以才會有點、激動。」

激動。有點。我沒什麼誠意的扯了扯嘴角，這個男人還真是委婉。

唯臻在偶像劇般瞪大雙眼淚珠滴落雙手揪心之後，理論上應該無語的跌落在地，接著失神的她被攙扶帶離現場，經過這些程序接著冷靜幾天就能夠好好的面對面談，至少那幾分鐘我的腦袋是這麼計畫的，畢竟任博淵不收手的一天就必須做好最壞打算，所以我還稍微慶幸了唯臻的「低調」。

但是我錯了。徹底的錯了。

瞬間，以五雷轟頂來形容我想都不會太過分，總之她就是無比淒厲的姿態從唯美偶像劇狀態直衝到鄉土劇呼天搶地模式，絲毫不顧他人眼光大聲的哭了起來，當然有先跌坐在地；任博淵沒有制止她的打算，許澤愷大概也尷尬到不知道手和腳要擺哪，我嘆了一口氣，拖著唯臻往角落走去，等她哭完之後辦公室已經更新了三種故事版本：關於我如何殘忍欺負唯臻。

然而即使事態演變至此，某人依舊若無其事的坐在我面前，並且揚著今天天氣真是舒適的閒適微笑。

直到現在我還是相當質疑自己居然沒有失手滅了任博淵這件事。

「你達到目的了，開心了嗎？」

「人家可是幫芹亞學姊表露感情吶，壓抑太久會得病的，我擔心妳嘛。」

「所以我該跟你說謝謝嗎？」

「不客氣。」他移動兩個位置坐到我的身邊，稍稍碰觸到我的手臂卻又止住更多的靠近，「那我們快把許澤愷弄到手吧。」

完全無法置信。

「你腦袋有洞嗎？」

「當然有，而且是無底洞喔。」

「總之，我已經不想要許澤愷了。」

「可是人家想要。」他揚起過分燦爛的弧度，「這樣好了，只要芹亞學姊得手，我就、離開妳。」

——離開。我。

仔細地盯視著眼前這個極其誠懇又無比爽朗的正直青年，眨了幾次眼，他的燦笑又更刺眼了一些，接著他將臉湊到我的面前，在約莫七公分的距離外停下，當然不管是十公分還是五公分我根本無法分辨，總之就是很近，近得連他的呼吸都清楚的撲打在我的臉上，近得連他的溫度都透過空氣傳了過來；其實我眼前糊成一片，一旦貼靠得太近就無法看見，但有些時候，**不去看見才更加**

真實。

「找唯臻一起來吧。」他又忽然拉離了身體，站起身愉快的說著，「這樣比較公平。」

究竟這些人是起先在精神上就含藏著某部分異常，或是被任博淵弄到異常，大概窮極一生我也探查不出答案，正如同我不懂他為什麼會來，也不懂她為什麼會來，但更不懂的是，自己為什麼會出現在這裡。

我想除了尷尬以外沒有其他的詞彙能夠妥切的形容現況，但縱使每個動作都是尷尬也不得不動作。

於是我們踏進了那扇門。

「為什麼非得來遊樂園不可？」

「人家好久沒來了嘛。」任博淵靠在我的耳畔壓低聲量，「這裡多好，坐個雲霄飛車可以假裝害怕柔弱的偎著對方，想獨處就稍微落後故意失蹤就好，放心，如果芹亞學姊和許澤愷突然不見，我一定會阻攔唯臻去找你們的。」

但是消失不見的是任博淵和許澤愷。

敲不開沉默只好尋找移開注意力的事情，所以我坐上了咖啡杯，對面坐的是唯臻，我以為她會挑另一個位置但她不發一語的在我之後坐下，然後我和她就開始旋轉了。

她依然一臉哀怨，默默嘆了一口氣，她到底知不知道我才是最哀怨的那個人？

但這個世界從來沒有公平過，那些能夠自顧自將情感表露的人，大多時候總是能夠得到他人的溫暖與支持，那些努力撐起微笑、拚命做些什麼的人，卻反而成為被冷落甚至被指責的對象。

對於唯臻我只有濃濃的無奈。

「我知道妳是想要保護我。」我以為是暈眩產生的幻覺，但她的唇確實開闔著，「但是我們說好要一起往前跨一步的……」

就說了我從來沒跟妳說好。

想翻白眼卻沒有餘力，我的平衡感很差，不自覺皺起眉，開始後悔一分鐘自己為什麼要踏進來。然而即使後悔我也已經在旋轉之中了。我知道，起初沒有用力掙脫唯臻小宇宙的我，事到如今也沒有怨懟的立場，儘管被她拉著，但她的力氣從來就沒有大到我不得不順從。

「這跟保護妳沒有關係，正常人都不會在自己的，嗯……朋友，告白隔天立刻向同一個人告白，我不應該說謊，但是我已經說了一百遍我不想告白。」

「所以，芹亞妳也去向澤愷前輩告白吧。」

我已經分不清我的暈眩來自生理性或者精神性了，這個女人又自動忽略我的話以及我的意志：「不要。跟妳沒有關係，打從一開始就跟妳沒有關係，是我根本就不想要向他告白。」

——如果妳得手的話，我就離開妳。

深呼吸，盡可能適應逐漸加快的旋轉，旋轉，妳去跟他告白吧，加速，我就離開妳，錯落交雜，清晰的她以及被模糊的背景，我看見他與他的臉一閃而過。

然後，是他。

「就算妳不想從澤愷前輩身上得到什麼，就算，透過任先生他已經知道妳的感情，但是告白並不是為了得到對方的愛，而是為了將自己的愛傳遞到對方身上。」她的聲音在旋轉之中顯得有些失真，「我不希望妳後悔。」

「說了就不會後悔嗎？」

我閉上眼。任憑感官被拋出。世界從來就是如此，無論我們多麼努力都否認不了其實自己身處於咖啡杯中的事實，打從一開始就只是平衡感的問題。

「至少……」

「人總是有一千個理由說服自己『這樣做以後就不會後悔了』，但是，只要有一個，就那麼一個，做了之後卻更加後悔的瞬間，我們就必須付出根本無法想像的代價。」

我根本站不穩，任博淵半扛著我到附近的長椅休息，唯臻憂心的臉在面前晃來晃去，許澤愷將冰涼的礦泉水遞給我。

「芹亞沒事吧？」

「因為她平衡感不好，大概是小腦沒長好。」又偷罵我，「休息一下就會恢復了。」

「那——」

任博淵很乾脆的截斷她的話，無論是什麼，我猜大概是「我來陪她吧」之類的話，但說不定會是「把她扔上雲霄飛車說不定會立刻恢復」，或是「換個方向再坐一次咖啡杯也許有用」這樣的提議，當然不可能，這些屬於任博淵的範疇。

「因為芹亞學姊戰鬥力太低的緣故，到午餐之前這段時間就當作勝利的禮物讓妳和澤愷獨處囉。」任博淵以愉悅的笑臉擋去唯臻的擔憂，「當然這裡頭包含了我大量的私心，所以，暫時把她交給我吧。」

「可是……」

「門票很貴，又難得出來玩，當然不能浪費時間。快去吧。等她清醒了我們的交易就會被破壞了。」他轉向許澤愷，「既然來了就好好玩吧，待會再電話聯絡。」

三個人又說了一些話，最後她和他終於往另一邊走去。

「不是為了替我製造機會嗎？」我以微弱的音量緩慢的說，「你應該很輕易就能讓許澤愷留下來照顧我吧。」

「我不想讓芹亞學姊那麼快得手，因為人家還想陪妳玩耍嘛。」

——那裡有些什麼。

忽然他伸手攬住我的肩將我拉向他，讓我靠在他的肩上，充滿熱度的掌心覆蓋在我的雙眼，掩去所有的光景。

「平衡感那麼差的人卻自己坐進咖啡杯，妳總是這樣，也沒有顧慮到身旁的人的心情。」我彷彿聽見他微微的嘆息，又彷彿沒有。「想說什麼，不管是什麼，都等到頭不暈了再說。」

「任博淵……」

「不是要妳不要說話了嗎？」

我的雙手緊緊抓著礦泉水瓶，低溫透過掌心，又或者我的溫度被水瓶逐漸抽離，那不重要，日常裡大多數的事其實都不那麼重要，然而細瑣的、不重要的，甚或非必要的，一層一層堆疊出所謂的日常；一旦如此的日常中出現了某個過於強烈的存在，縱使什麼也沒有被移動，但那存在本身便已動搖了日常。

對我而言任博淵正是太過強烈的存在，從前是，現在也是。

偶爾我會想，假使那瞬間的我毅然轉身，那麼他會不會從此便成為我的日常；又或者，在短暫的交錯之後成為更加遺憾的遺憾。我不會知道，捨棄答案的人是我，往前踏去的那一剎那，他就註定成為我生命中不可解的遺憾。

「任博淵……」

「嗯？」

「坐在這裡我的臉會被太陽曬黑。」

他不很明顯的笑聲震動著周圍的空氣，忽然，我整個身子被拉進他的懷裡，臉貼靠上他的胸口，心跳，他的，混著溫度，以及他的氣味。這樣就不會曬黑了。他說。

其實我的暈眩感已經退去了，然而我卻閉上眼，安靜的待在這裡。

雖然還有些僵硬，但當唯臻不發一語勾住我的手臂我確實鬆了一口氣，許澤愷給我一個會意的微笑，任博淵也猛然勾起他的手，**雖然你是我的情敵但我還是會好好愛你的**，每個人都笑了出來，任博淵的溫柔總是藏匿在戲謔之中。

我猜想任博淵策畫的「約會」大概是為了讓我和唯臻和好，許澤愷赴約的理由也是，即使是莫名其妙的開端、亂七八糟的展開但結果卻讓四個人以微妙的方式牽繫在一起，聽說這被稱為緣分，緣分，不自覺望了他一眼，斂下眼這不是我該多想的時刻。

「對不起。」

「妳是應該道歉，現在整間辦公室的同事都把我當作壞女人，到底有哪個壞女人會那麼好心在一邊陪哭。」

「什麼陪哭啦。」唯臻不好意思的笑了，「我已經哭得很壓抑了……」

「那妳千萬不要在我面前『盡情』。」

「這我就不敢保證了……」

「那妳還是離我遠一點好了。」

但唯臻卻把我的手拉得更緊一些，「妳可是我最好的朋友呢，而且人家好不容易才交到同性朋友，才不會放妳走呢。」

……人家？我突然有種背脊發涼的感覺，瞄了她一眼她應該不會任博淵化吧。但是她的下一句話讓我整個人涼透接著開始體溫上升，幾乎要升到血液沸騰的程度。

「那妳會向澤愷前輩告白吧？」

怎麼辦我覺得自己有即將吐血的徵兆。

「妳現在是鼓勵我去追求妳喜歡的男人嗎?」

「當然不是這樣。」她說得有些小聲，彷彿自言自語但接續的話語又理直氣壯了起來，「這樣才能從同一條起跑線開始前進啊，正因為是非常認真的感情所以才不希望之中有退讓或者忍耐，不管是對妳的友情，或是對澤愷前輩的心意，我都是非常非常認真的，所以，無論結果是什麼我都不會後悔或者質疑，但前提在於我們是公平的開始，而不是妳的退讓。」

差一點我就要被她真摯的眼神與堅定的言語打動了，差一點，然而就在那分秒之際我忽然清醒，不對、現實並不是如此輕易也沒有這麼簡單，將所有人集中在同一條起跑線不過是看似公平的動作，那只是一種掩飾，用以遮掩「打從一開始就已經決定是某個人了」的事實，我們只是需要一個合理的、並且是被認可的，終點線。

感情並不是誰跑得比較快就能得到對方的目光與愛情，縱使跑到了對方身邊但仍舊無法抵達，他的雙眼依然膠著在緩慢走來的她身上，不願意承認也不願意被承認的是，終點線並不是在他身上，而是在她的手中。

我並不是握有終點線的人。

又或者，其實他並不是我冀望抵達的終點。

「芹亞？」

抬起眼我仔細凝望著等候著我的回應的唯臻，那瞬間，彷彿有些什麼突然能夠被理解了。

我並不想跑向終點，並不是害怕抵達對方時發現那裡沒有終點，而是、打從一開始自己就只想待在這裡。

於是我輕輕的笑了。

「好啊。」將目光轉向前方的男人，逆著光而顯得眩目，「我們、一起往前跑吧。」

10

感情才是最殘忍的東西，沒有感情反而不會受傷。

於是現在是趙芹亞的告白時間。

一樣的地點一樣的時間我面前的男人從任博淵換成了許澤愷、他面前的女人從唯臻換成了我，不遠處監視的人除了唯臻之外還多了任博淵。

「雖然你已經知道我的心意，但我還是想親自告訴你。」咬著唇我深深注視著眼前的男人，「我、我喜歡你。」

他的嘴角似乎微微的抖動，但我決定貼心的當作沒看見。

「其實我剛知道的時候真的非常震驚，花了一段時間才終於接受這是真的。」他緩慢的吸了一口氣，「雖然我還不確定自己的感情究竟到什麼程度，但能肯定的是，妳對我而言，比普通朋友更特別一點。」

「我不懂……」

「可能還需要一點時間才能夠肯定的回答，但在那之前，我希望我和妳可以有更多的接觸與相處，更加熟悉之後，我想就能更加肯定自己的感情。」他稍稍停頓之後接著說，「我明白自己很自私，但我不希望自己憑藉著簡單的好感就貿然跨向交往，也不希望自己因為不確定就拒絕妳的感情，當然，芹亞小姐不願意我也能夠理解……」

「我明白。」給他一個輕輕的微笑，「我也覺得自己對你也不是那麼熟悉，但是我相信更加認識之後我會更加喜歡你，所以，嗯、如果把這段時間當作培養感情，反而有一種非常浪漫的感覺。」

「謝謝妳。」

「但是，」我靦腆的扯開嘴角，「我不擅長漫長的等待，也害怕兩個人會不會到最後成為拖延，如果可以的話，在我們之間，能不能有一段明確的時間，一旦到了那一天，就再度確認彼此的心意……」

「當然。是我沒有考慮到妳的心情。」他溫柔的笑了，「有了期限也能讓自己稍微積極一點吧，我的缺點大概就是步調太過緩慢了，那麼，以三個月作為約定，這樣可以嗎？」

「嗯。」以嬌羞但肯定的姿態用力的點了頭，「那個……能打勾勾嗎？」

於是他笑了。

他溫熱的手緩慢勾上我的小指，我們約定好囉，誰也沒有說話，但承諾卻銘印在彼此的胸口。深深被記住。

這是，我們的、協議。

「能跟人家打勾勾嗎？」

任博淵以油膩膩又矯揉造作的姿態反覆模仿著我的語調，他面前擺了三瓶葡萄汁，是我明天、後天以及大後天的早餐飲料，但他一口氣插了三根吸管又很無恥的各喝了一口。

「男人不就喜歡女人羞赧的模樣嗎？」斜倚著沙發把腳放在他的腿上，趁隙踢了他的肚子，真是、這麼結實根本對不起肚子的名諱，「我記得任大師是這麼『教導』過我的。」

他狠狠瞪了我一眼，洩憤一般乾脆的喝光葡萄汁一號。

「太過頭就叫做過火，是會燒起來的，再說，一旦深入交往之後被發現妳根本不是那類型的女人，妳會被控告詐欺的，詐欺是很嚴重的罪妳懂不懂。」

真是有趣。這傢伙只要一激動就會忘記喊我「芹亞學姊」。

「戀愛就是詐欺。」我又踢了踢他的肚子，順便抬高腳踢看看他的胸口，「被騙久了就會當真，不然就是乾脆的認命，許澤愷這麼溫柔，不會亂上法院告人，所以博淵學弟可以放心，而且，他長得就是一副『我會對女朋友很好』，這種男人當然是先騙到手再說啊，你說對吧？」

他又一口氣喝掉葡萄汁二號。

「再說，他說我比普通朋友還要特別，這不就代表我的勝算很大嗎？」

「妳長那麼大看過那麼多男人還不明白這就是卑劣又不負責任的話術嗎？」

他拉住我的腳用力將我往前拖，他的身子傾向我幾乎壓在我的身上，他沒有意識到現狀，所以我告訴自己不要在意，不要在意兩個人快要貼在一起而且又在沙發上他又抓住我的腳的畫面盯著他的雙眼就好，但直視他的雙眼我的身體反而熱得更加猛烈。

「他、他就直接拒絕唯臻了啊，你不要以小人之心度君子之腹。」

不行，繼續維持這個動作說不定我會流鼻血，任博淵的臉退去稚嫩之後更添了成熟的味道，灼熱的雙眼毫不遮掩的盯望著我，嚥了一口口水伸出手想把他推遠一些，掌心貼上他胸膛瞬間熱度竄進我的身體，無論多麼用力都推不開他反而清楚感受到他的肌肉線條，不行，不能這樣下去，所以我更加劇烈的施力。

任博淵乾脆的抓住我掙扎的雙手，畫面從曖昧到極端曖昧，他又靠近了一點。幾乎逼近無形的臨界。

「真小人比偽君子乾脆又誠實，到時候不要怪我沒有警告妳。」

「我……」

「你們……在忙嗎？」

柚子的聲音飄進我和任博淵之間，我差點無法呼吸，不是、不是這樣的，柚子妳千萬不要誤會。

「沒有，我們只是……」

「是有一點忙。」

「沒關係，我只是回來拿外套，你們繼續，我會鎖門，你們剛剛沒有鎖，下次如果要、忙的話要記得鎖門。」

就說了不是這樣。

「我知道了，謝謝柚子姊。」

然後柚子真的不顧我的安危拿了外套就出門了，而且我還聽見她確實將門鎖上的聲音。

「放開我，我要起來。」

他猛然鬆開手起身離開沙發，不發一語灌下葡萄汁三號，又突然轉過身居高臨下的盯著我瞧：「我肚子餓了。」

什麼？

這傢伙只要一尷尬就會說肚子餓嗎？

「你剛剛把冰箱裡唯一的食物通通消滅了。」我揚起甜膩的微笑用以掩飾自己的慌亂，「我家連你不吃的微波食品或是泡麵都沒有呢。」

「妳把許澤愷騙到手之後就要這麼對他嗎？」

「你放心，我有種非常強烈的直覺，我們家澤愷啊，會煮好吃的飯給我吃。」

喝著葡萄汁我把電視從新聞台轉到探索頻道，獅子慵懶的躺在地上，放下遙控器我將目光轉向站在廚房裡的男人，又喝了一口葡萄汁，我安靜的笑了。

整間屋子都充滿任博淵的氣味，沒辦法這裡是他家，剛剛他拎著我直奔超市買了一堆生鮮食材，以為他要逼迫我煮晚餐，但他接著又拎著我到他家，把我扔在客廳後逕自走向廚房，我當然一點幫忙的意思也沒有，畢竟我是「客人」啊。誰叫他要把我的葡萄汁都喝光。

視線流轉在屋子的四周，忽然我看見他的工作桌角落擺著一隻黃色紙鶴，有些什麼滑過意識邊緣，將目光轉回開始奔跑的獅子們卻轉不回飄離的心思。

我卻突然想起那天在他家門口遇見的女人。

「如果你女朋友突然出現怎麼辦？」

「我沒有女朋友。」

「我那天是看到鬼嗎？」

「出現在這裡的女人就一定要是女朋友嗎？還是妳想當鬼？」

「少扭曲我的話……」

「只是各取所需，既然我不需要了，那麼就不會有那樣的女人出現在這裡。」

「真是無情。」

「感情才是最殘忍的東西，沒有感情反而不會受傷。」他依然背對著我以流暢的動作烹煮著料理，又或者只是我沒有察覺他細微的停頓，「這世界上不可能有牢不可破的人，即使自以為能抵擋住幾次傷害，但人永遠不知道事實上究竟能夠承受多少，也不知道對方能帶來的傷害有多少，即使自己還留有百分之九十九的抵禦力，但如果對方有百分之百的攻擊力，只要一擊，就只要一擊就能將自己擊潰。」

他說，用著日常並且帶點淡漠的口吻。

「更何況，我並不是擁有百分之九十九抵禦力的人。」

我不是能夠對他說這種話的人，但卻無法忍受他語句之中隱約流露的隔絕與推阻。不是對其他人，而是對他自己。

「有些時候，感情，」我緩慢的吐氣，讓自己盡可能的不透露過多的情緒，「感情能夠讓某些傷口痊癒。」

「但是我們永遠不會知道哪一份感情會帶來傷害又有哪一份感情會使人痊

癒，我不是樂天的人，我只是想盡可能的保全自己，比起盼望著哪個人能治療自己，倒不如避免傷害，至少我還能以自己的力氣往前走，至少我不會倒臥在原地動彈不得。」

「但是……」

「更何況，我也沒有把握不去傷害別人。」他關起火，「或者該說，打從一開始我就知道自己會傷害另一個人。」

他並不是我所認識的那個任博淵，又或者該說，他並不是我記憶中的任博淵。

□

托著下巴望著球場裡追著球跑來跑去的男人們發呆，胸口隱微泛著疼，閉起眼我把頭埋進雙膝之間，越攪和越糾結。

「妳怎麼了嗎？」

頭依然埋在膝蓋之間我左右晃了晃，有點睏，隨便這樣回答但她也就隨便的相信了，相處久了不但我對於她的小宇宙接受度變大，她也很簡單就能接受我莫名其妙的動作或者話語，如同野生的直覺，她似乎能夠分辨哪些是重要的、哪些是無關緊要的部分。

稍稍側過頭我凝望著全神貫注在球賽或者是那個男人的唯臻，全心全意從事某件事或者對待某個人對於她而言似乎簡單得如同呼吸，然而這才是最困難的事，自然而然的放進全部的自己，對大多數人而言這反而需要努力，至少我總是猶疑。

「妳跟澤愷前輩約好三個月要給對方答案，換個角度想，這等於我也有三個月的時間能夠繼續努力啊。」她漾開很燦爛的笑容，其實我不懂，為什麼她能對著一個即將搶走自己喜歡的人如此笑著，「我說過不希望妳退讓，所以我也不會退讓，但是三個月之後澤愷前輩還是喜歡妳的話，我也不會後悔。」

「不會討厭我嗎？」

「怎麼會討厭妳呢？」彷彿我問了她很荒謬的問題，她拉著我的手，柔軟的掌心輕輕覆蓋著我，「我不會假裝自己不會難過，畢竟是失戀了啊，但是我們本來就沒辦法要求自己喜歡的人非得要喜歡自己不可，可是我不會後悔，因為曾經努力過了，也讓對方看見自己的感情了，某種程度來說也就夠了。而且，自己喜歡的朋友也喜歡自己喜歡的人、自己喜歡的人喜歡上自己喜歡的朋友，想想也很欣慰。」

欣慰？我有種想狠狠從她腦袋敲下去的衝動，也想狠狠擰住有點感動的自己的大腿，光想就很痛，所以我決定放過自己也放過她。

「完全不懂妳在想什麼。」

「我有時候也不懂自己在想什麼，但反正很多事都要靠直覺啊，特別是感情，所以乾脆什麼都不要想，直接往前跑就好啦。」

「小心往牆壁或者懸崖直衝。」

「那也沒辦法，誰叫決定往前跑的是自己呢。」

真是莫名其妙。

但正是這樣莫名其妙的謝唯臻讓人感到安心。我想我一定是被異化了。

「我去洗臉。」

沒等她回應我就起身往不遠處的洗手台走去，打了燈的公園散發的並非明亮感，相反的卻凸顯了另一側幽暗的落差，洗手台就介在光影之間，特別讓人感到恐怖的區域，人的害怕並不是來自全然的黑，而是由另一端的光亮投影出更深的黑。

旋開水龍頭我將水撲打在臉上，夜風有些悶熱，水並不如想像中沁涼。

「我看見妳一個人走過來。」

濕漉漉的臉龐來不及擦拭，迎上的是他薰風一般的淺笑，接過他遞來的毛巾我不很認真的擦拭：「中場休息嗎？」

「嗯。」他自然的拿過我擦過臉的毛巾，不以為意的拭去他額際與頸項間的汗水，「妳感覺沒什麼精神。」

「有點睏，大概是天氣太悶熱的關係。」

「我先送妳回去吧。」

「球賽呢？」

「今天多來了兩個同事，所以不用擔心。」

「唯臻呢？」

「我會請博淵送她回去。」他的眼間劃過一道狡黠，「既然妳累了就早點休息，而且中途離開會特別引人揣想吧。」

抬起頭我清楚的看見站在一起盯著我和他的任博淵和唯臻，克制不住的笑了。

「你暫時還是不要回頭的好。」

「果然做這種事必須事先做好心理準備。」

「那、乾脆一點吧。」

於是我踮起腳，緩慢的靠近他的臉，緩慢的、靠近。

因為妳當初的假裝讓屬於妳的感情仍舊像刺一樣卡在身體裡，我想要拔除，只是手已經放在那根刺上了，我卻開始猶豫，突然感到劇烈的痛那一瞬間我才意識到，我的手正在做的，並不是把刺拔掉，而是、往更深處推。

有種詭譎的空氣分子竄流在我的四周，隔壁的女人失魂落魄的用湯匙戳著燴飯，斜對面的男人每隔一點五秒就抬起眼瞪我一次，目光轉回對面的男人，他的臉上寫滿了動搖。

「我不過就是親了自己喜歡的男人，大家有必要這樣嗎？」

隔壁的女人動作突然僵化，對面的男人尷尬的扯了扯嘴角但始終無法流暢的笑，斜對面的男人猛然把叉子刺向雞肉，又狠狠扭轉了幾下，但一點咬下的意思也沒有。

愉快的咀嚼著芥蘭的葉子，儘管非常惡趣味我也擔心會被關帝爺爺懲罰，但所謂的人啊，根本性還是卑劣而可惡的。

我一點也不介意當壞人。

「要吃嗎？」

夾了一塊糖醋魚肉送到許澤愷面前，揚起一點也不適合我的天真燦笑，用著強烈的眼神注視著他，你不吃的話我就會開始不知羞恥的撒嬌，我相信他是讀懂了，所以他順從的吃下去了。

「芹亞學姊還真是喜新厭舊、見色忘友、過河拆橋又無情無義呢。」任博淵皮笑肉不笑的斜睨著我，「也不想想是誰推了妳一把，也沒考慮自己的朋友，只把好吃的東西分享給喜歡的男人，實在讓人太寒心太心痛又太失望了。」

「謝謝博淵學弟提醒，人家一看見澤愷先生就什麼事都不在乎了。」相當沒誠意的夾了魚肉到他的碗裡，「這樣可以嗎？」

哼。我發誓他是打從內心的冷哼。側過頭望向恍神的唯臻，默默的將餐盤裡的燴飯一口一口塞進嘴裡，即使我把味道完全不同的糖醋魚肉放進去她也沒有任何反應，我無聲的嘆了一口氣。

「謝唯臻，如果我真的跟妳的澤愷前輩交往，妳要維持這樣的狀態多久？」

我沒有期待她有反應，但她幽幽的回答了：「我不知道。大概一星期，也可能一個月，但妳千萬不要顧慮我，慢慢就會好了，我不是第一次失戀，而且我媽說，只要還吃得下飯就不算嚴重。」

「妳前幾天不是才信誓旦旦的說：『我還有三個月能夠努力』，才幾天就放棄了嗎？」

「妳不是說該放棄的時候就要果斷的放棄，」她又塞了一口飯，咬了幾下之後繼續說，「我不是不識相的人。」

原來妳不是不識相的人，我怎麼一點也不知道這件事。

「這麼輕易就放棄就不像妳了。」我戳了戳她的臉頰，她緩緩轉過頭看向我，「為了公平起見，既然我親了他，那妳也親他一下不就好了。」

「芹亞小姐，這——」

「女人說話男人不要插嘴。」我眨了眨眼，又戳了一下她的臉頰，「很合理吧？」

這女人居然開始認真考慮起來了，忍耐，笑出來就糟糕了。

「嗯。」然後她點頭了。

「這——」

「澤愷前輩不要說話。」

很好，非常有魄力。雖然覺得許澤愷有點可憐，但是沒辦法，倘若友情跟愛情相互衝突總得犧牲掉某些部分。

「但是我不想『見證』那個畫面，所以你們私下解決吧。」

□

「妳很大方嘛。」

「嗯、偶爾，畢竟是自己的朋友，而且如果被其他女人親一兩下就變心，那也不值得投注更多的感情。」

「我反覆思索了幾遍，越想越不合邏輯，妳的邏輯。」他勾起玩味帶些算計的弧度，不再披著爽朗青年的外衣，伸出手把玩著我的髮尾，若有似無的碰觸著我的耳梢，「如果不是這短短兩年內妳發生了巨大的改變，那就是妳根本沒有打算跟許澤愷在一起。」

避開他的手我不自覺退後了一步。

「無論我想不想跟他在一起，都跟你沒有關係吧。」抬起眼我毫不遮掩的望進他幽黑的雙眸，「啊、我忘了，你說過，只要我得手你就會離開我。」

他的笑容逐漸斂下。

「但是我一點也不明白呢，博淵學弟你，究竟抱持著什麼樣的心思呢？」

傍晚的風帶著悶滯感，他站在公司門口等著我下班，絲毫不在意引起其他人的注目，扯著我的手沒有任何解釋就將我拉往附近的餐廳，因為突然想請妳吃晚餐，扔下不算理由的理由、點了看起來一點也不美味的義大利麵，但麵都涼了卻沒有人拿起餐具。

「我越來越弄不清楚，你、究竟是希望離開還是不希望呢？」

「妳希望得到什麼答案？」

「是學姊先提問的喔。」喝了一口不冰的檸檬水，液體滑進喉間而後在某個假想處消卻了異物感，吞嚥，我始終不懂那究竟是動作的起始或者完成。「不過，無論是哪個答案其實我都不怎麼在乎，有你在身邊挺有趣的，但沒有你也不會對我的生活有太大的影響，你好像不是很喜歡我的回答，但是這也沒辦法，我們都習慣性的假想自己在對方心中或者生活中佔有過大的區塊，所以偶爾我也會不小心這麼想，嗯、例如，你該不會喜歡上我了吧。」

「那這個問題妳想得到什麼答案？」

「如果你回答『是』的話，當然身為女人都會有點虛榮感，不過、一旦意識到現實狀況，不管怎麼說都讓人有些困擾。」

「困擾？」他輕輕的笑了，右手撫著桌上的玻璃杯，盯著自己的手或者是動作沒有望向我，「那麼兩年前我的感情對妳而言也是困擾嗎？」

我沒有預期他會提起過去。

那是我和他之間始終不被碰觸也不被揭露的部分。

深深凝望著他，他的臉上沒有能夠被解讀的感情或者情緒，我想喝水，但水杯不知道什麼時候空了，沉默瀰漫在兩個人之間，將我和他與四周切割開來，時空彷彿被強迫倒轉，在我眼前的這個男人，究竟是他還是兩年前的他？

「不是。」我以乾澀的嗓音試圖打破沉默，卻在擊出一道裂痕之後發現，所謂的沉默並不是失卻了聲音，而是夾帶在聲音之中更深的消逝。「我一直想跟你說對不起。」

「錯過了說這句話的瞬間，即使說一百次也沒有任何意義，妳應該比誰都更加明白這一點。」

於是沉默帶走了最後的什麼。

終究沒有人攪動桌上的義大利麵，完整的菜餚更加鮮明的展示所謂的離去，我盯望著眼前的空位，緩慢斂下眼，想著，他的離去。

□

不想回家所以我坐在柚子的道場裡，學生們激昂的喊叫聲迴盪在我的耳裡卻掩蓋不了任博淵的話語，他們揮舞著手腳賣力的動作，彷彿眼前有個透明卻切實的敵人，我想，他們更賣力踢打的並不是哪個誰的倒影，而是自己的投射。

「來讓我摔一摔保證能讓妳把煩心事都忘掉。」

柚子相當「親切」的建議，我哀怨的瞄了她一眼可憐兮兮的縮著身子，但這女人絕對不會憐憫我，果然，她當作沒看見又轉身走回中央。嘆了一口氣，我並沒有那麼堅強，特別是面對任博淵的時候，也許「過去」始終被壓縮成一道濃黑的影子塞進身體最深處，我從來沒有跨越過，又或者，我們生命中總有那麼一道坎，即便跨過了，再面對一次仍舊感到艱難。

我在任博淵面前的武裝幾乎耗盡我的力氣。

人啊、不是過於高估自己的能耐，就是過於低估對方的氣力。

「我乾脆投降好了。」

我的頭突然被用力的推了一下，抬起頭柚子把冰涼的葡萄汁丟到我手上，真是、自言自語的時候這女人就會冒出來。

「投降什麼？」她纖長白皙的腿在我面前晃來晃去，真讓人哀傷，但她沒有留給我多餘的感傷時間，「不管做什麼事一旦有了想投降的念頭，就算妳的實力高於對方也會一敗塗地，看見那邊那個小短腿了嗎？他不但腿比人家短，力氣也比人家小，但其他人跟他對打都小心翼翼，不是因為他強，也不是因為他特別有技術或者策略，純粹是他不到最後絕對不會放棄。」

「妳怎麼可以說自己的學生是小短腿……」

她不耐煩的瞪著我，我皺起鼻子緊緊抱著自己的膝蓋，裝可憐策略還是有用的，至少她不會攻擊我。

「反正，投降的狗比戰敗的狗更羞恥，更何況妳不是狗，所以妳會比狗更加羞恥。」

我永遠參不透柚子的邏輯。

「妳又不知道是什麼事情……」

「我不知道，也沒有知道的必要，重點只有一個：妳到底想不想贏？」

「誰會想輸啊……」

「趙芹亞，我說的不是想不想輸，而是想不想贏，這兩件事，就算看起來結果差不多但本質上截然不同。」柚子霸氣十足的用食指抵著我的額頭，「再問妳一次，妳到底想不想贏？」

「想……」

「好。」她美麗的雙眼直勾勾的盯著我，以全然違和的霸氣口吻丟下字句，「如果妳輸了，妳就死定了。」

難怪柚子的學生總是進步神速又時常拿獎，如果她的教學方法跟對待我的方式如出一轍的話，學生們絕對會拚死也要打倒對方。

但問題從來就不是那麼簡單，雖然問柚子的話她一定會說，跟問題沒有關係重要的是想不想解決問題，她總是直截了當的往核心踩去，所以已經習慣迂迴的一般人不是被乾脆的打倒就是為了保護自己而詆毀她，但柚子不在乎，又或者已經不那麼在乎了，**沒有一個人能讓所有人都滿意，既然做不到完美即使盡可能完美也沒有意義，所以成為一個讓自己滿意的人就好。**

大概我窮極一生也無法成為柚子那樣的人，然而我還是站在這裡了，連續做了好幾個深呼吸，我發現自己的手有些顫抖，咬著唇我閉起眼用力按下眼前的白色門鈴。

然後等待。

等待並沒有持續太久，我聽見門被旋開的聲響，雙手不自覺扯著衣襬，顫抖從手傳到雙腳，抬起眼迎上他的目光，我想扯開嘴角卻徒勞無功，他沒有說話也沒有踏出門外，如同那一天，他站在門外而我始終站在屋內。

「你、現在有空嗎？」

他似乎微微嘆了一口氣又或許沒有，短暫的沉默之後他側過身讓我走進屋內，擦過他身邊的瞬間能夠清楚感受到他的溫度，也許他會發現我正在顫抖，但他什麼話也沒有說，安靜的帶上門，沒有移動就這麼站在門邊。

沒有任何辦法，彷彿我一個人站在舞台中央，觀眾已經進場而我不得不開始動作開始說話。

「我以為你不會在乎，又或者我已經相信你不會在乎，因為你總是太過若無其事，就算知道一開始假裝什麼都沒有的人是自己，可是看見依然能夠自然的笑著甚至不在意地靠近我的你，我就漸漸動搖，最後得到了『對你而言我不過就是能輕易抹去的那種程度』這個結論，然後，反覆的說服自己，其實，當作什麼都沒有反而是最好的。

「對不起。有好幾次我都差點這麼說了，只是一旦說了就會戳破所有的假裝，那時候我才終於意識到，原來我已經成為不得不假裝的那種人了。」眨眼的動作之中淚水的滑落不在我的預期之內，然而已經有太多事超出我的預期了，「但是我沒有辦法一直假裝下去，所以，縱使過了時效也或許對你而言不再有意義，我還是想好好的跟你說對不起。」

「說完對不起就能感到心安，接著就能愉快的走到許澤愷身邊，趙芹亞，妳不覺得自己很自私嗎？」

「我知道我很自私，也很抱歉曾經傷害過你，但事到如今又能怎麼樣呢？我想過很多種可能，但是沒有一種可能可以彌補或者挽回，既然這樣，也就只能努力的讓兩個人都能夠以自己的方式走下去。」

忽然他跨向前猛烈的扯住我的手臂，他的溫度他的氣息以及他的憤怒都毫不保留的撲打在我的臉上，我的淚水依然緩慢的滑落，也許沾濕了他的手又也許沒有。

「我說過，在我能夠離開之前，妳就只能站在這裡。」

——這裡究竟是哪裡呢？

「你到底想怎麼樣呢？」一隻手將我推向許澤愷，另一隻手又緊緊扯著我，我沒辦法往前進也不能往後退，那麼，你能不能放開手，至少讓我能夠離開這灘泥濘。」

「我就是想放開手也放不開我又能怎麼辦？」

痛。我的手臂。然而我的意識幾乎一片空白，拚了命理解並且消化他的話意，瞪大雙眼張望著眼前的男人，頰邊風乾的水痕開始產生細微的拉扯感，他的呼吸我的呼吸混在一起再也無法分辨。

「我告訴自己只要把妳推離，甚至讓妳得到幸福，我就能把關於妳的所有感情全部捨棄，所以我也一遍又一遍的告訴自己只要讓妳走到許澤愷身邊我就能真正的解脫；但是，只要一想到要把這些全部扔掉就放不開手。趙芹亞，我本來已經對妳沒有感情了，但正因為妳當初的假裝讓屬於妳的感情仍舊像刺一樣卡在身體裡，我想要拔除，想要從此之後不再被妳的感情扎著，我一直都是這麼想的，只是手已經放在那根刺上了，我卻開始猶豫，突然感到劇烈的痛那一瞬間我才意識到，我的手正在做的，並不是把刺拔掉，而是、往更深處推。」

他的聲音重重的敲擊進我的意識，散落成滿地碎片。

他說。

用著我從來沒聽過的無奈甚或卑微。

「刺已經扎進了我想拔也拔不出來的深處了，妳說，我又能怎麼辦？」

我不知道這樣到底算贏還是輸，所謂的感情從來沒有勝負可言，又或者，我和任博淵打從一開始就都輸了。

我以為妳對我的愛足以讓妳轉身留下來，卻沒有考慮到或許妳也想著我對妳的愛會讓我伸手拉住妳；我不是為了彌補，也不認為我該彌補些什麼，只是聽見妳說喜歡我的瞬間，即使知道是場謊言我還是動搖了，畢竟那是曾經我最期盼的一句話。

長長的嘆了一口氣，大概是從昨天以來的第兩百三十二次，也可能是第兩百三十三次，那不重要，我又嘆了一口氣。

儘管早已體認到混亂的現狀也做好接受的心理準備，但混亂不僅是混亂，並且是往我無法控制的方向瘋狂加劇的混亂，而且某種程度我也跟著攪和，當然不是為了使混亂更加混亂，純粹是我的幼稚感使然，無論是什麼，總之後悔也來不及了。

幸好今天是星期六。

「趙芹亞，妳一直嘆氣會害我長皺紋。」

「妳把耳朵摀起來就好。」

「那我怎麼看電視？」柚子又露出「親切」的笑容，「看妳臉色好像昨晚沒睡好，要不要我踹妳一腳保證立刻入睡？」

「暴力室友。」

「妳的嘆氣對我來說是精神性的暴力，以暴制暴是沒辦法的事。」

我又嘆了一口氣。柚子一點也不客氣的把抱枕扔到我身上。

「妳這樣對一個憂鬱又煩惱的、女人一定會被關帝爺爺處罰。」本來想說「少女」但實在太過羞恥而開不了口，那不重要，「欸，任博淵喜歡我。」

「所以呢？」

「沒有所以。」

「那就不要嘆氣。」柚子很無聊的把頻道全部轉過一遍又轉第二遍，最後停在介紹海葵的動物星球，「我不知道妳跟任博淵之間到底有多麼糾結，我也不擅長戀愛或者愛情，但即使在愛情裡屢戰屢敗，也痛恨過一兩個前男友，就算是這樣，我從來就不會否認自己的感情，也不會否認自己曾經愛過那個爛男人的事實，人的糾結大多時候並不是關係本身，而是不願意坦承或者不夠坦誠，一旦正視了自己的心情才能好好的做出決定，不然在晦暗不明裡胡亂的衝只會撞到牆壁。」

□

但是在我撞到牆壁之前牆壁就自己跑來撞我了。

「你、你為什麼在這裡？」

「想妳啊。」男人悠閒的交叉著修長的腿，並且很無恥的又偷拿我放在冰箱裡的葡萄汁，像拍果汁廣告一樣用著慵懶而魅惑的姿態咬著吸管，「人家怕芹亞學姊在假日空虛，所以自願來填補妳的寂寞，不管是精神上或是……都可以喔。」

「你咬什麼唇，可怕死了。」

無法理解，我完全無法理解，不管是這個男人或是眼前的狀況，如果沒記錯昨天、甚至連二十四個小時都不到，我和這個男人，就是這個正在嘟嘴裝無辜的這個男人，「似乎」陷入某些亂七八糟又糾結難解的情感難題，而且假使我又「沒記錯」的話，本人我還貢獻了一些鹽分和水，但我開始覺得這一切根本是自己在妄想，再不然就是眼前的畫面其實是幻覺。

「不然給妳咬也可以喔。」

我的頭好痛。

「你到底想做什麼？」

「我很認真的想過了，人家不小心把心掏出來給芹亞學姊看了，既然暫時找不到放回去的方法，所以乾脆就寄放在妳這邊好了。」他又揚起久違的爽朗正直陽光同時讓人想揍人的燦爛笑容，「為了確保我的心完整無缺，只好待在芹亞學姊身邊囉。」

「任博淵，你……還好嗎？」

「芹亞學姊看不出來人家身體強健嗎？還是……」他放下葡萄汁站起身朝我走來，我不自覺往後退，太可怕了，這隻生物說不定是變種，但他卻一把扯住我的手，另一隻手貼放在我的腰後箝制住我，他斂下表情深深的望著我，「在妳走向許澤愷之前，我會用盡全力拉住妳。」

「其實我明白，當初並不是哪一個人的錯，又或者我們都錯了，我以為妳對我的愛足以讓妳轉身留下來，卻沒有考慮到或許妳也想著我對妳的愛會讓我伸手拉住妳；我不是為了彌補，也不認為我該彌補些什麼，只是聽見妳說喜歡我的瞬間，即使知道是場謊言我還是動搖了，畢竟那是曾經我最期盼的一句話。」

「我……」

「但是我已經不是當初的任博淵了，我的感情也已經和過去無關，即使是一瞬間的動搖也沒有任何東西掉落。」他輕輕嘆了一口氣，幽幽而長，「也許，妳就是我每經過一次就會掉下去一次的陷阱，即使我已經爬起來走一段路了，遇見妳，而且也清楚知道妳就是陷阱，但我還是掉下去了。」

他將我納進懷中，嗅聞著他的氣味並且能夠清楚的聽見他的心跳聲，我的手不知所措的垂放在兩側，貼靠在他胸口的臉頰已經分不清是自己的熱或者是他的溫度。揉合在一塊的某些什麼。

經過了一段漫長的定格，又或者並不那麼久，他緩慢將我拉離他的胸口，他的臉上漾著非常溫柔的淺笑，在我還來不及思索之前他就傾向前將唇貼上我的。

「下次要把眼睛閉上。」他說。

□

瘋了，我覺得自己要瘋了。

像得了躁鬱症的無尾熊一樣在原地繞著圈，坐在長椅上的男人一臉愛莫能助，我停下腳步看了他一眼，再度進入無限繞圈狀態。

「妳要不要先坐下？」男人嘴角彷彿有試圖藏匿的笑意，卻在我瞪視他之前消失了痕跡，「這樣、只會頭越來越暈吧。」

「我們明明是共犯你為什麼可以那麼冷靜？」

「應該是火燒在妳身上，我還不覺得燙吧。」

我看錯人了。果然男人都不能相信，即使是眼前這個狀似溫柔體貼的傢伙，說到底男人終究站在男人那一邊。

「你跟任博淵是同一國的吧。」

「也不能這樣說，但是，妳一開始真的沒有設想到這樣的可能嗎？」

幽幽的嘆了一口氣我終於認命的在男人身邊坐下。

答應唯臻說要告白並不是真的，那時候的我總感覺明白了些什麼，許澤愷還是許澤愷，也沒有在逐漸熟識之中發現難以接受的缺點或者樣貌，並且深陷於混亂的我其實無暇思考自身的感情，彷彿「我喜歡許澤愷」這件事作為根本的前提，一切都以此為基調，因而沒有人懷疑，也沒有人試圖提出抗辯。

然而在逆光之中我忽然看見裂縫，稍微仔細觀察就能夠輕易的明白，「許澤愷」這個人的存在或許早已經從「喜歡的對象」轉化為「情感依賴的符號」，我和唯臻的目光是不同的，但我似乎發現得太過晚了。

並且眼前這群人壓根不理會我的論述。

所以乾脆順著眾人的期望往前走，至少是他們假裝出來的期望；我和許澤愷進行了長長的談話，關於我的心情以及他的心情，正因為面對面凝望著對方反而瞬間就能辨別，我還是喜歡這個男人，但卻不是我所以為或者想像的那種喜歡。

——起初我大概是真的對你懷有喜歡的感情，男女之間的那種，但其實我和你根本稱不上認識，至少在這些日子之前，這些日子以來漫長的喜歡或許只是我的想像與填補，因為希望心裡有人所以就放進了一個看起來適合的人，也因此我從來沒有想要得到你或者你的感情，對於唯臻也沒有嫉妒，偶爾出現的心痛感大概是因為不得不把「心裡那個人」抽離所產生的拉扯。每個人都害怕寂寞，所以嘗試各式各樣的方式，我不是一個積極的人甚至有些討厭麻煩，所以在心裡放進一個人對我而言也許是最簡單的方法，但那畢竟不是愛。

——其實我對「芹亞小姐喜歡我」這件事也沒有實感，即使每個人都這麼說、本人也沒有否認，所以就作為一種「現實」來接受，但包含在現實裡面必須有的內容我卻感受不到，當然不是說妳非得拿出什麼來，只是除了「愛情」之外，妳的其他感情都相當清楚的顯現，所以我想妳並不是那種會努力壓抑的人，雖然這麼說有點抱歉，但意識到這點之後我就沒有特別考慮過「妳喜歡我」這件事。

——那、唯臻呢？

——其實我也不是很清楚，但對於她一點也不隱藏或掩飾的感情多少有些動搖，會有想知道多一點的心情，但牽扯到更深的部分，暫時還無法給出結論。

於是我和許澤愷默默導向合作的共識，好吧、我承認是我要賴逼他答應，但用意也只是稍微捉弄一下那兩個老愛以自己的意思拎著別人走的人，起初我也覺得任博淵的反應很有趣，我的身體內瀰漫著「這次你被騙了吧」的愉悅感，只是當他提起兩年前那瞬間，所有的一切都瓦解了。

「一開始就只是想釣一隻可以當晚餐的魚，所以準備的材料和碗盤也只夠裝下一隻大小適中的魚，誰知道會突然釣上來一隻鯊魚，不僅沒有吃牠的辦法還可能被對方吃掉。」突然我站起身，以壯士斷腕的姿態說著，「把鯊魚重新扔回海裡好了，小魚也不要吃了，餓肚子總比再也吃不到飯來得好。」

「嗯、如果是沒辦法對付的鯊魚，妳要怎麼把牠扔進海裡？」許澤愷的語氣非常的委婉，但一個字一個字確實刺進我的神經，「一般來說，只要稍微靠近，可能就會被咬了……」

我猛然轉身用力拍了他的肩膀：「那、你比較有力氣你去扔。」

「我覺得妳乾脆跳進海裡還比較有存活的可能。」

「這樣不僅我會溺死牠也會擱淺吧。」

「那把手上的東西全部扔掉，直接逃走吧。」

「放鯊魚自生自滅然後……去當關帝爺爺的寵物？」

「因為妳不想靠近鯊魚也就只能這樣了。」

「這樣會遭天譴吧……」何況在我已經逃跑過一次的前提下。

「那就只能找出讓鯊魚回到海裡或者吃掉牠的方法了。」他揚起溫柔的微笑，我又無力的在他身邊坐下，「每一段關係或者所面對的每一個人，我們都不會知道事實上對方是鯊魚或者鱷魚，縱使是溫順的綿羊也可能出其不意的咬傷自己，總不能每一次都扔下東西逃跑吧，總有一天我們手邊的東西會扔到一件也不剩喔。何況妳已經事先知道對方是鯊魚了，那麼就會有處理或者對付鯊魚的方法，妳已經比其他人更加清楚看見對方了不是嗎？而且，如果有天妳也成為別人眼中的鯊魚，妳希望自己寂寞的擱淺嗎？」

許澤愷簡直是以教導幼稚園小鬼的方式循循善誘，我想他是故意的，明明是自己再清楚不過的事情，被另一個人用緩慢的、溫柔的方式述說就彷彿不能否認也無法逃脫。

「乾脆打電話給保育單位，他們就會拚了命救鯊魚了。」

「等到他們來說不定就錯過了黃金救援時間了，即使能回到海裡也可能留下無法彌補的傷痕，」他忽然扯開有點曖昧的笑容，「而且保育人員一來就不能把鯊魚吃掉了。」

……吃掉？

「怎麼有點邪惡的感覺……」

「但妳好像有點開心呢。」

「我才沒有。」

然後許澤愷笑了。

真是糟糕。

13

我不斷的踩著他的不安，以震耳的口吻朝他扔擲「我不愛你」這四個字，他沒有反抗全部安靜的承受並且吞嚥，這一瞬間我才終於明白，他並不是反反覆覆也不是能夠將沉重的對峙拋諸腦後，他不過是選擇了一個能夠再度站在我面前的姿態。

那不過是武裝。

跪在關帝爺爺面前我很努力的發呆，當然不是想祈求些什麼，要是請關帝爺爺當戀愛諮詢我大概會被踢出去，雖然以前我有一次想拜託關帝爺爺替我滅了某個劈腿男，但我還是忍下來了。

這不是重點。

總之我只是來這邊發呆。

不然借關刀去處理海邊的鯊魚好了，甩了甩頭，我只是隨便想想而已，真的、我一直都很乖絕對不會動關刀的主意。

「整間廟裡只有芹亞學姊一個年輕女孩呢。」

側過頭發現任博淵不知道什麼時候也跪在我的旁邊，他沒有看我而是以虔誠的目光注視著關帝像，凝望著他的側臉，有些什麼又塌陷了一點，其實我明白，但不想承認，至少還不願意承認。

「你來這裡做什麼？」

「我能來廟裡做什麼？」

「你不要來跟我搶關帝爺爺。」

「那關帝爺爺可以不要跟我搶趙芹亞嗎？」

「你在亂七八糟說什麼啦。」

「人家是認真的嘛。」他居然肆無忌憚的在廟裡拿出拉不拉多的耍賴模式，不、我一點都不想理解這隻生物，「不和人家約會，也不接人家電話，害人家寂寞的小心臟泛著巨大的疼痛呢。」

忍耐。他是鯊魚，是一隻可怕的鯊魚，所以要小心不要掉進他製造的漩渦裡。

「在所有的大叔大嬸都盯著我們看之前快點離開我的身上，」推開他的頭，某人居然可憐兮兮的嘟起嘴巴，當作沒看見就好，「還不走嗎？」

任博淵強行牽住我的手，學姊和學弟要相親相愛，他是這麼說的，但反正我掙脫不了就隨便他了。

「我一直很想這樣牽著妳的手隨便走在哪條路上。」輕輕漾開溫柔的弧度，明明上一秒鐘還在耍賴的男人卻突然用著深邃的雙眼注視著我，「我還想過，只要這樣一直走一直走，說不定有一天能夠走過每一條路，那麼妳無論踏上哪一條路，就都會想起我了。」

「但這樣其實很自私，風險也非常大，一旦哪一方離開了，但每條路仍舊有對方的影子，後來我想，乾脆選一條路反覆的走吧，離不開的人就繼續反覆的走著，想離開的人不要回來就好，所以我把任何和妳有關的東西都扔了，甚至是衣櫃裡曾經在妳面前穿過的衣服也全都送人。」他忽然笑了，那之中有細微的飄渺，「但是什麼也不剩之後反而更空虛，我知道，我心底還有些什麼，而且沒有東西可以歸咎，不能指著衣服說『就是因為這東西害我想起來』，也沒辦法藉由捨棄的動作來減輕重量，妳還在我身體的某個部分，好不容易接受這件事之後才終於能夠放下關於妳的記憶，但人大概就是自虐，為了想證明自己確實跨過去了，甚至執意進了有妳在的公司，然後看著妳，慢慢的確認了『妳已經是過去了』這件事。

「只是又從妳的告白開始，本來以為自己有能力控制，卻一路以自己也抓不住的速度飛馳而去，看來我還是太高估了自己。」他停下腳步，手仍舊緊緊握著我的，「只要我還能合理握著妳的手，我就不會鬆手。」

我絕對不承認我臉紅了。只是有點熱。

「哪裡合理了，這不叫牽手，叫做箝制。」

不、我不能輕易的就被他牽著鼻子走，任博淵的存在過於強烈，總讓人不自覺跟隨著他甚至聽從著他，怎麼想都不對，打從一開始就不對等的關係往後也別想有對等的可能，當然，我沒有考慮跟他有什麼「往後」的問題，但再怎麼說我都是學姊，說話也應該是我比較大聲吧。

而且我才不想讓他稱心如意。

儘管有那麼一點點動搖，一點點、真的就一點點而已，但鯊魚是我釣上來的，陸地是我的地盤更何況他現在是「食物」的身分。

先告白的人就輸了。

雖然我一直對這個論點嗤之以鼻，但先投降就輸了這件事到底還是真理。想到這裡我就不自覺的笑了。

「總之，任先生你現在是在追我吧。」

「妳要這麼理解也可以。」

「哼。」我用不懷好意的眼神盯著他，「那、人家想要吃會流出濃郁巧克力的凹蛋糕……」

「會胖喔。」偷偷踢了他一腳，他居然「進階」的箝制住我，也就是抓著我的手又摟著我的腰讓我動也不是不動也不是，「大概只要三個蛋糕妳的腰就會跟我一樣粗了。」

我不管，我等一下就衝回廟裡跟關帝爺爺借關刀。

在我還來不及攻擊他之前任博淵的唇又輕輕刷過我的，蓄意的，沒有停留卻眨著曖昧的眼，「你為什麼又偷親我？」

「靠那麼近就覺得不親一下對不起自己嘛，再說，芹亞學姊那天不是說『我不過是親自己喜歡的人而已』，人家也只是『學習』妳的榜樣而已啊。」

他在記恨。

但我絕對說不出口其實那天我親的是自己的手背，啊、對啊，任博淵的認知還是「我喜歡許澤愷而許澤愷也對我有意思」，也就是說……

「那是許澤愷也喜歡我，我又不喜歡你。」

「趙芹亞。」

「幹嘛？」

他拉住我的手：「挑釁是要付出代價的。」

□

任博淵這個瘋子。

深呼吸、用力的深呼吸，拚命告訴自己眼前的畫面其實是幻覺，但同事甲狠狠戳破了我的試圖，而同事乙熱絡的將可怕現實遞到我面前，最後同事丙以不容忽視的姿態宣告了現實，不僅我無法逃躲連帶使毫無關聯的人們也被捲入漩渦。

同事乙將一大束紅得刺眼的玫瑰硬是塞進我的懷裡，我連想反抗都找不到空隙。

「剛剛營業部的帥哥親自拿過來的，芹亞妳什麼時候偷偷到別的部門放電了？」

「上面還有一張卡片快點看啊。」

我不要。反正不是挑釁就是威脅再不然就是利誘，再說把卡片放在過於顯眼的位置就是企圖讓辦公室的某人大聲朗誦進而掀起大浪。

看吧、很沒有禮貌的同事丁就伸出她塗著詭異粉藍色指甲油的手，喊著「芹亞會害羞我來幫妳唸吧」，如果不考慮形象問題又假設我明天就會辭職，我一定會立刻用懷中的玫瑰花砸向她那張似乎花了很多錢的臉，但我只能暗自詛咒她待會走路鞋跟斷掉順便跌進水溝裡，無可奈何的聽著她唸起內容。

「芹亞，我知道這束花來得突然而冒昧，但我的感情卻醞釀了一段長長的時間，我有期盼卻沒有要求，只是想讓妳明白我的心意，僅此而已。博淵。」

同事們開始發出慘絕人寰的尖叫，「天啊也太浪漫——」

尖叫聲延續到了主任踏進辦公室為止，在我耳膜被震破之前我撐過來了，隨手把礙眼的玫瑰塞進桌下，又有好事的同事自以為貼心的拿走花束並且放在最顯眼的位置，忍耐，午休一到我就可以把花給扔了，不然送給清潔阿姨也好。

然而對方是萬惡的任博淵，是兇狠的大鯊魚。

所以我一點也不意外，真的、連意外的力氣也都不剩了，盯著揚著正直青年般爽朗的燦爛笑容站在我面前的男人，甚至當他溫柔的牽起我的手離開辦公室，我仍舊沒有反抗的力氣。

「芹亞學姊喜歡人家準備的驚喜嗎？」他伸出手輕輕滑過我的髮最後捻起髮梢愉快的把玩著，「感動到說不出話嗎？」

「很好玩嗎？」

「嗯、比我想像的還要有趣。」

「任博淵你這個瘋子。」

「瘋子的愛都特別認真喔。」他像狗一樣膩在我身邊，「人家最愛芹亞學姊了。」

「為什麼要送玫瑰給我？」

「以前不是也送過妳嗎？後來我想，一定是一朵不夠當初才無法打動你，所以這次我特地買了很大一束顯現我的誠意。」

「跟一朵還是一束沒有關係，跟花的種類也沒有關係，我不喜歡你就是不喜歡你，就算許澤愷用廣告紙摺一朵花送給我，我還是會開心。」

「芹亞學姊的腦袋跟以前一樣不好，昨天才說過，挑釁是要付出代價的。」

「說不喜歡你就是挑釁嗎？」推開他的頭我猛然站起身，「不好意思，我就是喜歡許澤愷，喜歡到就算你拚命報復，我也不想放棄。」

有細微的什麼從他眉間一閃而過，儘管他仍舊掛著笑，忽然他將我拉回原位，微微的顫抖從他的掌心傳來，也許連他自己也沒有發現，又也許為了撐著臉上的笑為了佯裝若無其事他已無暇顧及，他又說了些什麼，我還來不及分辨，然而扣除了字句表面的意義之後，含藏在張揚而愉悅的語氣之中的飄動清晰傳來，引起強烈震動。

說不定他始終都是如此的不安。

我不斷的踩著他的不安，以震耳的口吻朝他扔擲「我不愛你」這四個字，他沒有反抗全部安靜的承受並且吞嚥，這一瞬間我才終於明白，他並不是反反覆覆也不是能夠將沉重的對峙拋諸腦後，他不過是選擇了一個能夠再度站在我面前的姿態。

那不過是武裝。

「人家說了那麼多話芹亞學姊都不理我，」他的手始終沒有放開，抬起眼我望進他的雙眼，那之中不僅有我的倒映還有不易察覺的晃動，或許是不安，又或許是害怕，這些日子我總是逃避著他的目光，因而沒有發現藏匿的什麼，「妳再不理人家，我就要親妳囉。」

「任博淵。」

——你為什麼要如此忍耐呢？

「嗯？」

「我肚子餓了。」

說不定我跟任博淵根本是同類，不知道該說什麼就乾脆喊肚子餓，但菜真的擺在自己面前卻一點類似食慾的感情也沒有。

機械般咀嚼並且吞嚥著盤裡的食物，也許是燉飯也許是燴飯總之扣除感情之後我空乏的口腔神經分辨不出差異，對面的男人揚著閃亮亮的燦笑試圖迷惑我的雙眼進而竊取我的感情，在如此眩光之中我一直睜不開眼，屬於任博淵的記憶是不完整而模糊並且隱匿在強光之中的畫面，那不足的部分則以「過去」、「記憶」、「想像」以及「以為」自行填補，於是他黏合在「過去的任博淵」之上卻帶著難以說明的陌生感；他試圖以熟悉感作為趨近的途徑，卻又試圖將過去與現在剝離，他說過，他已經不是過去的任博淵了，然而眼前這個男人，屬於「現在」的任博淵彷彿帶著不知所措，不知道該以何種姿態站在我的身邊。

或許我和他實在是太過相近了。

有意無意的積極尋找能夠疊合在過去之上的影子或者痕跡，說服自己他仍舊是記憶中的那個人，至少是自己還未曾傷害過的那個任博淵，逐漸反覆我終於得以在他面前流暢的移動著身體，在我生命之中曾經沾染著關於我的傷害的人們，我心中總會帶著某些不安與阻擋，那和原諒與否沒有關聯，而是傷害的本身彷彿一種銘印，落在意識缺口的幽谷之中，也許害怕再度傷害同一個人，又也許害怕再度被同一個人所傷害，於是在擁抱和解之後，那裡始終存在著一步無可企及之遙。

我們都在忽視，至少是積極的忽視，並不是想否認在我和他之間確實存在著一道淡去的疤，而是害怕那道成為兩人界線的可能。

這樣的害怕，成為一種證明。

這個人，揚著帶著一點真心但更多輕佻戲謔的笑容的男人，在我的生命中是與眾不同的男人。

只是我和他仍舊在介在過去與現在之間的灰色地帶原地打轉，困在咖啡杯裡失速旋轉，暈眩，模糊，接著緊緊抓握著起先急欲逃脫的咖啡杯本身，被困著的我們卻死命抓著困著我們的這些主體，在我和任博淵之間，這座咖啡杯被稱之為感情。

「芹亞學姊這樣熱切的盯著我看，是覺得人家比盤子裡的食物更加可口嗎？」

「嗯。」

任博淵的身體輕輕一顫，不很明顯但因為是非常仔細的注視所以清楚的感受到那瞬間的動搖，又舀了一匙飯塞進口裡，細微的不安在他揚起的嘴角綻放開來，時常我們拋出的問號是為了得到自己期盼的答案，我們抗拒著另一端並且做好承受的心理準備，這樣的前提，是我們早已預料了答案並不會順應自己的期盼；於是當答案嵌合上期盼的凹陷，反而會讓人不知所措，並且開始不安、質疑以為這是另一場精心策畫的騙局。

偶爾這是一種習慣，為了避免更多的傷害因而預設了傷害，失望伴隨著希望於是便捨去希望，任博淵不是這樣的人，至少我所以為的任博淵並不是；在吞嚥下帶有濃郁羅勒香氣的食物之前終於嚐出這是燉飯而不是燴飯，輕輕扯開笑，偶爾，由於太過期盼了所以不得不捨棄期盼，我們的精神力不足以承載與希望等重的失望。

或許。

「任博淵。」我說，用著非常日常的口吻，「你喜歡我嗎？」

斂下笑他的停頓裡透露的並不是猶疑而是不安定感：「嗯，我喜歡妳。」

「好吧。」

「什麼意思？」

「暫時讓你追吧。」

14

我愛著眼前的這個男人，卻害怕在愛之後所得到的愛情勢必有所延續，或許在遙遠的某個地方正靜靜躺著一個沉重的句點，於是我抗拒著開始。

雖然不應該但我總有種得意的感覺，特別是當任博淵小心翼翼解讀著我的話語以及表情動作時，我終於明白為什麼令人捉摸不透的人特別讓人著迷，我都有點愛上自己了。

我並不是想吊任博淵胃口，單純是我和他都還一腳踏在過去，也許不是太大的問題，好吧、我承認比起談戀愛人家比較喜歡現在這種感覺，而且以後還能帶著女王的姿態睥睨著他說「想當初某人像拉不拉多一樣整天追著我跑呢」，我漾開甜甜的笑，愉悅的望了任博淵一眼也順便看了許澤愷一眼，最後是唯臻。

「妳跟妳的澤愷前輩最近有什麼進展嗎？」

「不知道。」一抹輕嘆從唯臻口中逸出飄散在夏夜的微風之中，「我越來越搞不懂這一切，我明白我自己的感情，任先生的感情也表現得很清楚，但妳和澤愷先生的感情卻讓人捉摸不透，越思考就發現越多不可解的部分，總感覺我和任先生正在繞著你們兩個打轉，就算是打轉也不要緊，只是應該牽著彼此的手的兩個人卻一動也不動，反而對著打轉的我們兩個人伸出手，也許只是安撫因為不想破壞四個人的關係，但……」

「但是什麼？」

她遲疑的望了我一眼，「也許只是錯覺又也許是因為我真的很希望，總感覺澤愷前輩對我的溫柔有一點超出朋友……」

果然是野生動物。

說不定唯臻是所有人之中最理解現狀的人。

有些時候太過顧慮而罣礙太多反而淹沒了真正的感受，彷彿人生並不是往前而是逐步往後，又或者在跨步的同時不得不捨棄些什麼，並不是實質的什麼，大多時候是一種肯定。

目光追逐著奔跑著的男人們，如同每週出現在這裡的許澤愷、我、唯臻以及任博淵也讓起初的特意逐漸轉化為日常，我們總是在默默之中被包含在某個世界之中，如同對於他的愛情，彷彿起初的驚懼與抗拒不過是一種想像，單單凝望著他就能體會到微小的幸福感，因為我愛著這個人，這個事實讓人感到踏實。

「其實，我並不那麼喜歡許澤愷。」

「什麼意思？」

「也不能夠這麼說，很難說明但重點大概是我的確喜歡過他，但從某一個瞬間開始愛情逐漸蒸發，滑進空槽的變成一種依賴與安心，只要想著那邊有一個人，就感覺自己能夠稍微再往前走一點，我只是想往前走而已，恰好他站在我想前往的方向，但並不是想往他的方向走去，這兩者是不同的，所以打從一開始我就說了我不想告白，因為沒有必要，那個男人對我而言跟愛情沒有太大的關係，更像是生活上的寄託。」

「但妳還是跟他告白了不是嗎？」

「不告白妳會放過我嗎？」唯臻認真的注視著我，絞著手指體內醞釀著躁動，「我承認自己有點想惡作劇，因為妳硬逼著我告白，任博淵也一直想插手我的感情，所以乾脆的順著你們的期望走大概你們就會覺得無聊，而我和他也能稍微自在一點。」

我喝了一口水，不期然和任博淵視線交錯，他給了我一個燦爛的笑容，我的心臟又差點失控。

「總之，不准告訴任博淵，我不會干預妳跟許澤愷，我跟任博淵的恩怨妳也不要想插手，千萬不要插手。」

「妳、喜歡任先生嗎？」

「我討厭麻煩，碰巧任博淵屬於最麻煩的那種類型。」側過頭我扯開嘴角，「即使知道他這麼麻煩還是想靠近他，大概，依照妳的定義就是喜歡吧。」

……這女人又發什麼瘋？

「妳幹嘛？」

唯臻猛然扯住我的雙手箝制住我的行動，用著異常感動的神情甚至眼角泛著淚光直盯著我瞧，令人毛骨悚然的玫瑰盛開背景在她身後迸發，她那轉速暫緩的小宇宙又瘋狂旋轉，想喝水解救乾渴的喉嚨卻無法動彈，她用著激昂的語氣，說：「芹亞，這不是喜歡，這是愛，愛啊。」

無奈的嘆了一口氣，早知道不要心軟坦白了。

但是已經來不及了。

□

謝唯臻這個沒有朋友道義又靠不住的女人，要不是她躲在男人身後我一定會讓辦公室立即更新關於我如何欺負謝唯臻的第四版。

我終於發現了，她也是鯊魚，她跟任博淵差別不過是一隻是瘋狂想咬人的鯊魚而另一隻是依照本能咬著人的鯊魚，總之鯊魚和鯊魚終究是同一邊的。但已經來不及了。

「謝唯臻，妳這個叛徒。」

「人家是為了妳好。」又「人家」？壓抑住翻白眼的強烈衝動我兇狠的瞪著眼前這個理直氣壯的女人，她卻在我的瞪視之後氣燄更加高張，「任先生那麼喜歡妳，既然妳也喜歡任先生那就應該直接說出來啊，一直望著不表態的對方真的讓人很不安，真的，確定對方的感情之後也沒有要立刻成為戀人或是給出承諾啊，就只是想要稍微踏實一點，而且，明明已經不喜歡澤愷先生了妳還親了他。」

這才是妳的重點吧。

而且妳知不知道一旦任博淵明白了我的心意，我就會被吃得死死永無翻身之地了。我頭好暈。

「妳不懂什麼叫曖昧、什麼叫拖延、什麼叫欲擒故縱嗎？」

「嗯哼，欲擒故縱……」

任博淵拖著長長的語尾，不懷好意的瞇起眼，明明是擱淺的鯊魚憑什麼那麼囂張，「我只是在舉例。」

接著許澤愷在最不該出現的時候出現了。

唯臻哀怨的瞅了他一眼，任博淵的視線掃過他之後又回到我身上，我默默退了一步靠向我的「共犯」，雖然實力懸殊但至少二對二讓人稍微安心一點。

「那條小魚變成鯊魚的爪牙了。」壓低聲音我咬著牙，「許澤愷，再這樣下去你就得和我交往。」

「什麼？」

「跟你交往總比面對任博淵那個瘋子好。」用力瞪他一眼，「不准笑。」

「對面那兩個，不要無視我們在那邊打情罵俏。」

我突然好想提醒他們這裡是辦公室走廊，對峙的狀態已經引來側目，儘管聽不見對話，不、正是因為聽不見才有足夠的發揮空間，更何況某人還曾經張揚的送過花給我。

「打情罵俏又怎麼樣？」輕輕撞了許澤愷的手肘，「我們是共犯，是同罪，你不要掛著納悶的微笑，沒有用的，他們不會放過我們的。」

「你們出現之後我的日子天天都過得很有趣呢。」

「這不是適合發表感想的時間點，鯊魚要攻過來了，你……」

「我跟芹亞小姐約定的三個月也差不多到了。」轉頭望著帶著悠閒微笑的許澤愷，都已經被拆穿了還提根本是雪上加霜，他絲毫不理會我幾乎皺成一團的臉，還給我一個愉悅的眨眼，我不懂，這個男人也是個神祕角色。「所以，我們決定要交往了。」

「什麼？」

三個人同時瞪大雙眼盯著許澤愷，他伸出手輕輕搭在我的肩上，說，用著爽朗的口吻：「你們會祝福我們吧。」

□

儘管我的情緒來來回回翻轉沸騰了數次臉上卻依然沒有表情，沒有別的理由純粹是我的臉部神經和肌肉跟不上心緒於是乾脆的放棄動作，即使已經過了一個漫長的下午，我仍舊無法釐清現狀。

許澤愷坐在我的對面，右後方的桌子坐著兩個虎視眈眈的監視者，他居然愉悅的朝他們揮了揮手，實在是太可怕了這個男人。

「可以跟我解釋一下現在是什麼狀況嗎？」

「不是芹亞小姐說要交往的嗎？」

「是這樣沒錯啦。」但總之就是整個不對勁啊，「可是……」

「我跟唯臻之間的關係很簡單也很好整理，嗯、她應該也不是會記恨或想著要報復的人，但妳和博淵的關係似乎複雜了一點……」他還是一貫的委婉，就是不肯乾脆了當的說任博淵會記恨會報復又小心眼，「雖然局外人不該多說什麼，只是在妳還沒準備好面對他之前，任何的回應都帶著危險的可能性，所以，在妳準備好之前，我會負起責任擋住鯊魚的。」

「……為什麼？」

「大概是比起朋友，共犯的關係更加堅定吧。」

有這樣的共犯真令人感動。

「你們兩個的角色扮演玩上癮了嗎？」任博淵和唯臻突然衝到我們面前，「妳再用這種含情脈脈的視線注視他，我就……」

「就、就怎麼樣？用含情脈脈的眼神注視自己的男朋友是一種道德表現。」

我不該刺激他的。真的。

下一瞬間已經維持不住笑容的任博淵扯著我的手猛然將我帶出餐廳，他不發一語只是不斷的往前走，我的手臂隱約傳來疼痛，覆蓋在疼痛之上的卻是他炙熱的溫度。

凝望著他繃緊的側臉，那之中帶著細微的憤怒，然而在憤怒之上疊加的是更多的無能為力，他用著自己所能想到的方式努力朝我走來，卻在碰觸到我之前反而讓我退得更遠，不是這樣的，我突然好想伸手擁抱他，告訴他並不是這樣的，我只是害怕，害怕自己陷入名為任博淵的漩渦之後從此無以脫身。

他的步伐終於放緩，我不知道這裡是哪裡，一條有個昏黃路燈的巷子，狹小的、昏暗的、停著幾輛機車的巷子，整個台灣也許有上萬條類似模樣的巷子，但他停在這裡了。

我忽然意識到，這整個世界有著無數個和他類似的男人，或許也有著無數份類似的愛情，然而那不過是類似，正如同他和我停在這條巷子的中央，我踏進的不是成千上萬其他的愛情，而是屬於他的愛情，我凝望著的不是成千上萬其他的男人，而是他。

許澤愷說，也許我還沒做好面對的心理準備，我猜想，是我抗拒著面對。

我愛著眼前的這個男人，卻害怕在愛之後所得到的愛情勢必有所延續，或許在遙遠的某個地方正靜靜躺著一個沉重的句點，於是我抗拒著開始。

然而這一瞬間，他轉過身深深注視著我的這一瞬間，我終於明白，即使句點就擺放在一步之外，我依然想走向他。

「對不起。」

「為什麼要道歉？」

「我知道我沒有資格也沒有任何立場像這樣把妳從另一個人的身邊拉離，所以對不起，或許我的感情對妳而言還是太過困擾了一點，聽見唯臻告訴我其實妳並不喜歡許澤愷時我幾乎以為自己能夠期盼，但說不定又不過是另一次妳為了保全他們感情的退讓，儘管我一直不讓自己這麼想，卻在看見妳凝望他的視線之後，我什麼都不敢肯定了。」

不是、你誤會了，那只是對共犯的貼心覺得感動而已，真的。

「不是，我——」

「就到此為止吧。」他擋去我所有話語的試圖，最後鬆開始終抓握著我的手，「也許在一開始妳這麼說的時候就該打住了，所以對不起，也謝謝妳任由著我的自私，但現在，就真的到此為止吧。」

然而殘留在我手臂上的他的溫度卻隨著他的語尾蔓延在我的肌膚之上，他斂下眼不看我，在光與影的交疊裡，我看見了我所從未看見的他，也看不見我曾經能夠看見的他。

「我會，一步一步往後退，退回妳能接受的，學弟的位置。」

15

想要就爭取，不要就丟掉，愛情就是這麼簡單。猶豫不決才是痛苦，而且、才會傷害到彼此。

胸口彷彿被塞進了什麼一般的悶滯，尤其是在看見任博淵禮貌而疏離的微笑之後。

我好像又傷害了他一次。這些天我總是這麼想，唯臻用著不捨的目光望著我幾度欲言又止，最後她握著我的手無言的傳遞著她的溫暖，其實很熱，夏天不適合這種支持的方式，但我任憑她握著，至少能讓我凝聚一些張望任博淵的力氣。

「我喜歡他，他也喜歡我，可是他不要我了。」

「為什麼？」

「因為我一直拒絕他。」

「那妳有沒有接受過他？」

「沒有。」

「所以他有的就只有妳的拒絕而沒有接受，當然久了就不要妳了。」柚子難得發揮同情心坐在我的身邊，「無論是多麼堅強的人都有一道界線，一旦超出了那個程度也會被擊敗，就算有一個能承受九十九腳的強者，妳踢了一百腳他還是會倒。」

「我知道妳都這樣教妳的學生，那、妳有沒有教他們，萬一把對方踢倒了但其實沒有打敗他的意思該怎麼辦？」

「把對方拉起來就好啦。」

「如果，我是說如果，對方不抓住我的手我也就沒辦法拉他起來啦。」

「那就躺下。」柚子說，「躺在他的身邊陪著他看一樣的風景，然後對他說，天空很藍。」

……天空很藍？

「妳想拍勵志電影嗎？」

柚子瞪了我一眼，「反正他不過來妳就過去，只要能站在一起誰在乎是這邊還是那邊，我最討厭拐彎抹角的人了，去對他說『我喜歡你』然後抓起來親下去接著吃下去就變妳的了，少在那邊演瓊瑤劇。」

妳怎麼知道他是鯊魚可以吃？

「趙芹亞，想要就爭取，不要就丟掉，愛情就是這麼簡單。猶豫不決才是痛苦，而且、才會傷害到彼此。」

□

深呼吸，用力的深呼吸，沒問題的，趙芹亞妳一定做得到，更何況妳已經抱著一打葡萄汁作為貢品了，緩慢的伸出右手食指，很好，不要抖，按下去就好，於是我閉起眼睛用力的按下白色門鈴。

然後等。

眼前的門安靜的被拉開，任博淵的身影逐漸映入我的視野，我扯開討好的微笑，他冷冷的望著我，轉身走進屋內，而門沒關。

把貢品放在桌上推到他面前，咬著唇在這個充滿他氣味的房間內我忽然有些不知所措，他似乎不打算說話，雙眼定格一般停留在我的臉上，我又扯了扯嘴角但尷尬佔據我整個身體，扭捏的拉了拉裙襬，做了最後一次的深呼吸。

「你，還在生氣嗎？」

「我為什麼要生氣？」

我總不能問「你真的不要我了嗎？」，但找來找去無論是哪個角落都不存在著台階，幽幽的嘆了口氣，可憐兮兮的瞅著他。

「我跟許澤愷沒有怎麼樣，我也沒有親他。」

「妳想要跟誰怎麼樣、想要親誰都不需要向我報備，我只是妳的一個學弟而已。」他的語調淡漠而平板，卻重重敲擊著我的意識，「所以，這些我都沒有必要知道。」

這一秒鐘我才終於有了他真的會離我而去的實感，我一直在否認，相信著他不過是一時氣憤而冷淡也是因為記恨，我們總會和好的，然而看著依舊沒有表情的他，恐懼從這一點作為蔓延的起點。攀爬至我的全身。

我的手不自覺的顫抖，到此為止，耳畔響起他哀傷的聲音，我的身體僵硬了起來，言語已經塞在喉頭卻擠不出來，連空氣也無法吸入，我感到呼吸有些困難，安靜的凝望著眼前的男人，他也同樣沉默。

抬起顫抖的手我鼓起勇氣握住他的，他似乎微微一顫又也許沒有，我的手依然在顫抖，面對面站著的我們隔著一段刺眼的空白，我稍稍靠近了一些，他的氣味他的體溫更加直接的包覆住我，讓我感到安心卻也同時感到恐懼。

「我一直都在逃避，無論是自己或是你，也可能是感情，過去的感情，現在的感情，你的存在是我生命中最大的一個結，曾經我以為是死結，但你來了，乾脆的把結給剪斷，於是我再也不會明白那是一個什麼樣的結，然後，你又在相同的地方打上另一個結，我害怕，真的很害怕，但其實我也不知道自己害怕的是什麼。

「我喜歡你，真的，但我害怕擁有之後失去也會隨之而來，以前我不在乎，因為這就是愛情，總會得到也總會失去，所以我沒有發現自己的心思，一直以為自己不過是還沒做好面對你的心理準備，但是我終於明白，擋在我面前的，是害怕，害怕擁有太多，也害怕失去太多。」我的淚水不經意的滑落，緊緊握著他的手，「我不知道，我從來沒有過這樣的感情，在擁有之前先想到的是失去。我刻意繞著路走，盡可能想延續這樣的擁有，但我的迂迴又傷了你，對不起，說不定你會覺得這些話全都是藉口，就算當作都是藉口也無所謂，我只是想告訴你，無論是兩年前或者是現在，我都是因為太過喜歡你了。」

但我卻任憑自己傷害你。

斂下眼緩慢的我鬆開手，幾乎滑落的瞬間落入了他的掌心，抬起眼我還來不及看向他就被納進他的懷裡，我們、站在同一邊了。

「我一直很不安，就算妳沒有將我推開但卻不管多努力我也無法靠近，一廂情願也沒有關係，我也以為自己能夠安分的待在妳的身邊，但是我沒有辦法，所以想要逃開，可是一想到必須離開妳的身邊就一點辦法也沒有，我也不知道該怎麼辦了，我以為自己對愛情很灑脫，也許，是因為那些人都不是妳。」

然後他說：

「以後我會把葡萄汁通通留給妳。」

□

任博淵這個騙子。

「你為什麼又喝掉我的葡萄汁？」

「還沒喝掉，我只喝了一口。」某人沒幾天就故態復萌，交疊著修長的雙腿爽朗的凝望著我，而且還刻意添了大量的深情感，「人家仔細想過了，在交往之前就把所有籌碼給出去風險太大了，而且一人一口很甜蜜呢，等到妳變成我的女朋友就通通都留給妳了。」

「什麼一人一口，那本來就是我的葡萄汁。」

「真傷心。」他可憐兮兮的瞅著我，「是葡萄汁重要還是人家重要？」

「連考慮都不必，當然是葡萄汁。」

這個男人果然是小鼻子小眼睛又小心眼，只不過是說暫時不想交往而他的態度就丕變，還說「既然不是自己的女朋友就有變成其他人女朋友的風險，所以不能對妳太好」。

——就是因為你對我不夠好才不想當你的女朋友。

——不、這就是男人和女人的差異，女人想看見對方全部才決定要不要，但男人決定要了之後才會看見對方的全部，就這點而言，男人有道德多了。

——路邊多的是把人通通看光了還是不要的男人。你不要想扯開話題，你如果一直這樣對我，我絕對不會變成你的女朋友。

——是誰哭著說喜歡我的？

——是誰說會把葡萄汁都留給我的？

任博淵靠在我身上又拿出拉不拉多的姿態，但同時挑釁的喝了一大口葡萄汁，我知道他不是那麼喜歡果汁，就是這樣才讓人覺得煩躁，只要是我喜歡的通通要跟我搶，搶到之後才大方的說要一人一半，偶爾我會不小心妥協，這時候他就會循循善誘成為他女朋友的好處，例如一半就會變成全部。

但這個人到時候說不定會說出「妳的就是我的」這種沒良心的話。

「走開，熱死了。」

「芹亞學姊好無情。」

他又喝了一口葡萄汁。用著非常刻意的姿態，爽朗的笑著，接著趁我不備親了我的臉頰。

我很不爭氣的臉紅了。

「你——」

「當了女朋友之後才有這裡喔。」他嘟起嘴唇以食指輕輕點著，油膩的拋了媚眼過來，「啾。」
這個男人太可怕了。
「你離我遠一點，葡萄汁我也不要了，搶了東西就趕快走吧。」
「最值錢的都還沒搶到怎麼可能走，」說要一人一口結果他還是把葡萄汁喝完了，這個騙子，「我的目標是妳。」
「不要老是講些亂七八糟的話。」
你不知道姊姊我這樣下去心臟會承受不了嗎？
果然他一點也不知道，所以他又膩了上來，伸出修長的手圈抱住我。
「芹亞學姊什麼時候要當我的女朋友？」
「我才不要當你的女朋友。」
「那我當妳的女朋友吧。」
我好想吐血。
「我、不、要、跟、你、交、往。」
「好吧，雖然有點快，那我們直接結婚吧。」
我、不、要。

「我還不想談戀愛。」

「那好。」他扯開燦爛的笑容以無比溫柔的神情凝望著我，「那我們就這樣相愛吧。」

許久之後的某天

之一

許澤愷這個雙重間諜。欺騙我純潔感情的叛徒。

在非常不期然的那種不期然裡我發現了某個讓人深受打擊的事實，謝唯臻想搗住嘴也來不及了，我已經聽見了，一字不漏的聽見了，許澤愷尷尬的笑了笑，試圖起身逃離現場我乾脆的阻斷他的去路。

原來任博淵「不要我」的劇碼是串通好的，他從唯臻那知道我其實喜歡他之後就抓住許澤愷，我不想知道中間經過什麼過程，總之許澤愷不僅投降還投靠敵營，三個人一起挖陷阱讓我跳下去。

「我還以為你是堅貞不二的共犯。」

「共犯畢竟是犯罪……」

「所以你就轉做汙點證人把我當作祭品嗎？」

「芹亞妳不要生氣啦，澤愷前輩也是想幫妳和博淵啊……」

「謝唯臻，這種時候妳最好乾脆的選邊站，許澤愷還是我，嗯？」

「我都不要選。」

雖然不是很滿意至少她還有一點良心，唯臻退了幾步抱歉的望了許澤愷一眼，接著挑了一個適當的位置，像是觀眾席一樣的角度，小心翼翼的坐了下來。

許澤愷友善的揚起微笑，我瞇起眼盯著他看，「有什麼遺言要交代的就快說。」

「芹亞……有妳這個朋友我死而無憾了。」

我愣了一下旋即發現這句台詞不適合他，一點也不適合。這些人都被任博淵汙染了。

「看來事先套好招了嘛。」我皮笑肉不笑的扯了扯嘴角，「還有其他的嗎？」

「就這麼多了，他說，被發現的時候直接打電話給他。」

「他以為我對付不了他嗎？」

「不是。」許澤愷頓了一下，做了幾次深呼吸，我突然有種很糟糕的預感，

「他說，死在妳手中的只能是他，就算妳想殺了我，他也不能容許，不管是什麼，

只是是關於妳的一切，他都想擁有。」

任博淵這個瘋子。

「博淵說只要芹亞臉紅了就安全了。」唯臻又跳進戰區，反正我已經沒戰力了，她勾住我的手愉快的說著，「我們去吃冰吧。」

「現在是冬天。」

「可是臉紅會很熱啊。」

「謝、唯、臻。」

「一人一次扯平了啊，而且博淵真的很浪漫呢。」

「改天找任博淵幫妳寫個腳本吧，至少過個癮也好，妳的澤愷前輩會乖乖背起來的。」瞄了許澤愷一眼，「對吧，澤愷前輩？」

唯臻笑得甜膩膩的，而許澤愷則一臉壯士斷腕的模樣，誰叫你要投靠任博淵，朝他扮了鬼臉而他認命的笑了。

之二

「任博淵三天兩頭出現在這裡，真的很礙眼。」

「妳也覺得他很礙眼吧。」

「我對他沒有意見，是對『你們』有意見。」柚子以可怕的視線盯著我，「我不想看見相親相愛的畫面。」

「那下次他來妳把他踢出去吧。」

「好。」

「記得用力一點喔。」

然後晚上我就和任博淵一起被扔出去，柚子還用力踹了我的屁股一腳。

「要幫妳揉一揉嗎？」

「收回你的手。」揉著被踢的部位我哀怨的望了門一眼，寒冷的冬夜就這樣被趕出門我好可憐，「跟你扯上就沒好事。好冷。」

他脫下外套披在我身上，接著鑽進外套抱著我，「我說了會一人一半吧。」

「那這樣怎麼走路？」

「我覺得這樣很好啊。」

「所以你想整個晚上站在門口吹風嗎？」

「那我們一起攻擊柚子姊妳覺得有勝算嗎？」

「沒有。」

「那就只好一直維持這個姿勢囉。」

無可奈何我只能再度打開門接著毫無意外又被柚子踢了出來，非常公平，剛剛是左邊這次是右邊。

「就跟你說過了，痛死了。」

「芹亞。」

「幹嘛？」

「我有說過我很愛妳嗎？」

我的臉又默默的紅了。他伸出手輕輕刷過我的臉頰。我突然感到一陣躁熱。

「你、你又想做什麼啦……」

「這樣就不冷了，就說了我很好用吧。」

之三

「任博淵你又偷喝我的葡萄汁。」

「我要消滅一切會跟我搶奪妳的愛的東西。」

「少在那邊演舞台劇。」我的頭好痛，我都已經把葡萄汁藏在冰箱的最深處了，「我特地買了蘋果汁芭樂汁檸檬汁還有長得很像的藍莓汁，你為什麼就要挑葡萄汁？」

「這樣妳就會出現在我面前了。」

「你整天在我面前晃來晃去還不夠嗎？」

「哪有整天，我剛剛才來。」

這樣下去我一定會精神耗弱，算了，他要喝就喝吧，我頹喪的坐在沙發上，他居然若無其事的黏了上來。

「給妳喝吧。」

「我不要。」

「真的不要嗎？」他拿著果汁在我眼前晃啊晃的，「因為是最後一罐妳才會這麼激動吧，嗯？」

嗯……

這男人拉長音的時候總讓人覺得渴，還有一點熱，討厭死了，伸出手但只有指尖碰到冰涼的邊緣根本搶不到，兇狠的瞪著他，不要被騙了，我明明三天兩頭被騙怎麼還是會被騙？

「不是說不要嗎？」

「你自己說要給我的。」

「可是妳說不要了啊。」

「但是你說要給我了。」

沒完沒了。

「好吧。」

他乾脆的把葡萄汁交給我，警戒的盯著他，有詐，但直到我喝完他都沒有任何動作，真是詭異。

任博淵摸了摸我的頭，寵溺的凝望著我，說，輕輕的說：

「我只是希望妳能夠像這樣只看著我而已。」

The End

後記

關於那朵被乾燥懸吊的紅色玫瑰——

玫瑰已經分辨不出起初的顏色，以相當安靜的姿態懸吊在記憶的角落，時間的流轉彷彿不再存在，玫瑰靜止在水分蒸發殆盡的瞬間，而她和他從未被完成的愛情也凝滯在最後一秒鐘。

我一直在思索，那一秒鐘的趙芹亞與任博淵境究竟帶著什麼樣的心情，雙手緊緊握拳，為了抓住那脆弱單薄的愛，也為了不讓自己抓住那貼近卻虛幻的愛，於是他轉身，而她凝望著他的轉身。

這並不是錯過，如同任博淵所說的，這是選擇，不管是誰的，這份選擇都將彼此的生命染了色，隨著時間她和他逐漸讓顏色沉澱在最深處，直到某天又有誰攪動再度掀起波瀾。

趙芹亞是殘忍的，我始終這麼認為，真正使人疼痛的不是拒絕或者逃避，而是假裝、假裝那裡從來就沒有屬於對方的感情。

因此任博淵的愛即使蒸發了，就依然扔不掉記憶中那朵玫瑰的鮮豔。

在之中他的感情顯得反反覆覆，或許，然而他所深藏的核心從未動搖，反覆的其實是他的不安與晃動，他以自己的方式，承受並且忍耐著比誰都還要強烈的某些什麼，為了不讓趙芹亞逃離，也為了不讓自己失速墜落。

我猜想，那個擁抱，在趙芹亞家的那個突如其來的擁抱，嚇到的並不只是趙芹亞，還有任博淵。

或許他也不懂，他也一直想懂。每個人都一樣，偶爾以為自己懂了，卻在下一個瞬間又發現其實自己什麼也不懂，不安就從這樣的縫隙裡竄進體內，於是在搖晃裡一不小心就傷害了自己或者他人，正因為任博淵轉身過，所以他明白，那弧度之後迎來的疼痛讓人刻骨銘心，也因此他拚命的、注視著自己的感情。

凋萎的玫瑰不會再度盛開，但我想任博淵會說，我會再送妳另外一朵玫瑰，然後，妳會讓玫瑰綻放。

Sophia

All about Love / 19

不真心告白

國家圖書館出版品預行編目資料
不真心告白／Sophia 著.
— 初版. — 臺北市：春天出版國際, 2013.12
面；公分. —（All about Love ；19）
ISBN 978-986-6000-87-4（平裝）
857.7 102021443

ISBN 978-986-6000-87-4
Printed in Taiwan

作　者　Sophia
封面設計　克里斯
內頁編排　三石設計
總編輯　莊宜勳
企劃主編　鍾靈
責任編輯　黃郁潔

出版者　春天出版國際文化有限公司
地　址　台北市信義區信義路四段458號3樓
電　話　02-7718-0898
傳　真　02-7718-2388
E－mail　frank.spring@msa.hinet.net
網　址　http://www.bookspring.com.tw
部落格　http://blog.pixnet.net/bookspring
郵政帳號　19705538
戶　名　春天出版國際文化有限公司
法律顧問　蕭顯忠律師事務所
出版日期　二〇一三年十二月初版
　　　　　二〇一四年七月初版二十刷
定　價　180元

總經銷　楨德圖書事業有限公司
地　址　新北市新店區寶興路45巷6弄6號5樓
電　話　02-8919-3186
傳　真　02-8914-5524

19

All about Love

19

All about Love